内壁を抉り出すような快感と、擦れてじんじんと広がるたまらない刺激と、互いが同時に受け取ってしまう感覚に、貴志は止められなくて由良の身体を激しく揺さぶった。由良が、背をしならせてその愉悦に声をあげる。

背《せ》守《もり》の契《けい》誓《せい》

深《み》月《つき》ハルカ

ILLUSTRATION
笹生《ささお》コーイチ

CONTENTS

背守の契誓

背守の契誓

背守（せもり・せまもり）――

背縫いのない、子供の着物に付けられる紋。

魔除けの効があるとされる。

第一章　背守

小野《おの》財団ビル最上階の会長室。

英国製のスーツを過不足なく着こなした貴志《たかし》は、黒い革張りの椅子《いす》に座っていた。前髪をうるさそうに掻《か》き上げると、机の横に立って説明を続ける補佐役の門脇《かどわき》に、ちらりと視線を向けた。

「だいたいはわかった。要は、仁志《あに》から俺へ首をすげ替えても問題ない程度に運営は上手くいっている、ということだな」

「……そういうことになります」

門脇が苦笑しながら貴志を見る。

急死した仁志《ひとし》とは一卵性の双生児だった。

女子供に騒がれそうな、甘く整った容姿を鋭《するど》く見せる怜悧《れいり》な眼差《まなざ》しに、器《うつわ》と言うべきなのか、明晰《めいせき》な頭脳と胆力をあわせ持つ貴志は、まだ二十代後半という年齢の不足を感じさせない。

兄の訃報《ふほう》を知らされ、急遽《きゅうきょ》米国から戻った貴志が家督《かとく》を継いだのは、つい先日のことだ。

「東京《とうきょう》での引き継ぎは以上です。この後、会長にはご上洛《じょうらく》いただきます」

貴志が継ぐべきもうひとつの財産について、門脇が進言する。

貴志は承知していたかのように軽く頷《うなず》き返した。

「……〝背守〟か」

「左様《さよう》でございます。当代様となられたからには、貴志様に背守を就けねばなりません。……京へお上がりください」

「いいだろう……」

全面ガラス張りの窓からは都心の高層ビル群が見える。貴志はその光景を背に部屋をあとにした。

◆◆◆

小野家の者はみな「上洛」と言ったが、その場所は奈良《なら》にあった。

遠都川《とつがわ》――熊野《くまの》と吉野《よしの》の間、連なる紀伊山地《きいさんち》の山間《やまあい》に嵩叢本宮《たかむらほんぐう》がある。

本宮に着いたのは、その夜遅い時刻になってからだった。

村落は百近くを数える大小の山に埋もれ、広大な土地であるにもかかわらず人の住める場所は限られている。視界を圧迫する山肌は、目を凝《こ》らしても一面闇に溶け込んで、車のライトが照らす部分だけしか見えない。

境内《けいだい》に入って車を停めると、待ち構えていたかのように、宮司《ぐうじ》が出迎えた。

「よくおいでくださいました。どうぞこちらへ……」

月の無い夜は境内も墨《すみ》を流したように真っ暗で、先導する宮司の照らす篝火《かがりび》が、ゆらゆらと足元の砂利《じゃり》に影を作った。

吸い込まれそうなほどの闇に、はぜる篝火の音と、焚《た》き染《し》めた香《こう》の匂いが纏《まと》いつく。

「背守受けの〝儀式〟とやらはいつなんだ」

「明後日でございます……何か？」

あらかじめ日程は伝えてあるはずなのに、と宮司が不思議そうに訊《たず》ねてくる。

「香を焚いているから、まだほかに何かやるのかと思っただけだ」

ああ、と宮司は心得て頷くと、明かりの先にある斎殿《さいでん》を指差して言う。

「明日の〝お焚き還し〟のために、先代の背守が潔斎《けっさい》しております故……」

先代の背守、という言葉が引っかかり、貴志は眉をひそめる。

「先代の、ということは背守も世代交代するのか？」

「はい。背守一代につき、お守りできるのはおひとりのみ……。主君が代替わりされれば、当然背守も代が替わります」

では、あの子供が背守になるわけではないのだ。

兄と一緒にここへ来たとき、まだ子供だった自分よりさらに幼い年の子供が兄の背守になった。てっきりあの子供が自分の背守になるのだと思っていたのに、そうではないのだ。

「前の背守はその後何をするんだ？」

「……主君に殉《じゅん》じるのが、背守の務めでございます」

宮司は、少し言い淀んでから言いにくそうに返した。

「馬鹿な。いったいいつの時代の話だ」

一瞬で体中の血が沸騰《ふっとう》したかのような衝撃に、貴志は目を見開いた。それでは焚き還す、とは殉死した後に火葬《かそう》するという意味になる。

だが宮司はそれに冷静に答えた。

「ご自身でさえ、双児《ふたご》であることを〝畜生腹〟と忌避《きひ》されて、養家へ出されたではありませんか。一族のしきたりは遵守《じゅんしゅ》せねばなりません。今さら何をおっしゃいま……うわっ」

胸ぐらを摑《つか》んで宮司を黙らせ、ようやく絞り出した声は怒りを含んで低く響く。

「したり顔で話すな。虫唾《むしず》が走る」

そのまま突き放すように宮司を放ると、貴志は斎殿へ向かった。よろめいた宮司が咳《せ》き込みながら後を追ってくる。

「何をなさいます！　背守は潔斎を……」

「自死教唆《じしきょうさ》だぞ、殺人だろうが。きれいごとを抜かすな」

「近づいてはなりませぬ！　穢《けが》れが！」

「ならばお前は来なければいい」

斎殿の周りに張られた結界から先を、本当に追いかけてこない宮司に、貴志は心の中で舌打ちした。ばかばかしいにもほどがある。

たかが形式ごときで人を殺《あや》めると、本気で言っているのだ。

腹立たしかった。まるで何百年も前から時間が止まったようなこの総社も、古式ゆかしく執り行われる儀式も、何もかもが胡散《うさん》臭くて仕方がない。こんなもののために、なぜあの背守が殺されなければならないのか。

貴志は怒りのままに、香の焚き染められた斎殿の扉《とびら》を乱暴に開け放つ。蠟燭《ろうそく》の明かりだけが置かれた斎殿の、さほど広くもない板の間に一人で座していた背守が、その物音で振り返った。

黒髪がさらりと揺れ、細く静かな声が問いかける。

「……当代様……？」

「何故わかる」

白い単衣《ひとえ》に白袴《しらばかま》の男はそのまま手をつき、深く面《おもて》を伏せて答えた。

「当代様は、先代様と瓜二《うりふた》つでいらっしゃいますから……」

貴志は近づいて片膝《ひざ》をつき、その顎《あご》を取って顔を上げさせた。

背の中ほどまである射干玉《ぬばたま》のように艶やかな黒髪。白く細い面、黒曜石《こくようせき》のような瞳。それでいて女性とも違う凜《りん》とした雰囲気が清冽《せいれつ》な印象を与える。

その壮絶な美しさに、声もなくただ見つめるだけの貴志に、控えめな声がかけられた。

「当代様……？」

「貴志だ……。背守にも名はあるだろう、なんという」

尊称や役名で呼ばれるのが、妙に癇《かん》に障《さわ》った。ことさらに個人の意思を無視されているように感じてならない。

「由良《ゆら》と申します」

「では由良、何故こんなところで大人しくしている。お前は自分が殺されるのをわかっているのか?」

背守はその問いに、微《かす》かに苦悩の色を滲《にじ》ませて言った。

「……先代様をお守りすることもできず。おめおめと背守の私が生き残るなど……」

「人の生き死には運命《うんめい》だろう。お前には関係あるまい」

面を取られたまま視線を逸らす由良を貴志はじっと眺める。男にしては華奢《きゃしゃ》な肢体、緋袴《ひばかま》でないだけでまるで巫女《みこ》のような姿が、男とも女ともとれない容姿をさらに浮きたたせていた。

「それが〝背守〟の……私の務めでございます。……どうぞお捨ておきください。ここは潔斎のうちです、近づいてはなりません。穢れを受けてしまいます」

由良は、貴志から逃げるように顔を背《そむ》けてしまう。

「……」

確かにあのときの子供だった。あどけない瞳で見上げてきた、たった一度しか会うことのなかった相手。自分が兄より先に見つけて、初めて兄に渡すのを惜しんだもの……。

力ずくでも手に入れたい……とっさに湧き上がる感情に引き摺《ず》られるように、貴志は取っていた顎を引き寄せ、もう片方の腕でその薄い背中を抱き寄せた。

「……ッ……当代様っ！」

声をあげた唇を貴志はすかさず捉える。

「ん……っ……」

必死にもがく由良を押さえつけ、貴志はその口腔《こうこう》をまさぐるように舌を挿し入れた。

神職にある人間なのだ。その身を穢してしまえば職を降りることになるだろう——。

自分でも、何故こんな考えが浮かんだのかわからなかった。——ただ、仁志の後を追ってそのまま消えようとしている由良を、どうしても留《とど》めておきたかった。

腕と脚で押さえ、由良の身体を床に張り付けるような格好になる。吸い上げた唇を離してやると、涙で瞳を潤《うる》ませながら見上げてきた。

「なに、……を……当代様」

「貴志だ、気色の悪い呼び方をするな」

由良は突然の暴挙に、呆然《ぼうぜん》としたまま肩で息をしている。貴志はそれを見下ろしながら宣告した。

「お前を還俗《げんぞく》させる……徒人《ただびと》に戻れば殉死もくそもあるまい」

「当代様………あっ……」

貴志は由良の袴の帯を手早く解いていく。床を蹴って拒もうとする脚を太腿《ふともも》で押さえ付け、動きを封じる。由良の声が怯《おび》えて震えた。

「当代様っ……おやめください……やめて……っ」

由良の懇願《こんがん》を無視したまま、貴志はその白い装束《しょうぞく》を剝《は》いだ。袷《あわせ》の間に手を差し入れ、その白い胸を揉《も》みしだきながら肩まではだけ、後ろ手に、動きを封じるためだけに袖《そで》を抜かずにおく。

「嫌…っ…当代様……助け、て……ぁ、あ」

あらわになった白く薄い胸は、薄暗い斎殿でなまめかしく浮きあがった。貴志はその薄桃色の胸の粒に口づけ、含んだ舌先で弄《いじく》るように転がす。清廉《せいれん》な背守の肌が上気し、抗《あらが》う声が悩ましく艶《つや》を帯びる。

神職にあるこの男は、おそらくこうした人肌の熱さは知るまい、と貴志は思った。手っ取り早く意のままにするために、ただ本能で爛《ただ》らすためにその白い体を愛撫《あいぶ》で翻弄《ほんろう》させる。

耳を舐《ねぶ》るように舌を差し入れ、粘膜《ねんまく》を濡らす音があたりに響くたびに由良が細く身体を震わせた。

「あ、あぁっ……あ……っ」

声をあげ、由良は堪《た》えられないかのようにぎゅっと目を閉じた。眦《まなじり》に涙が滲んでいく。

背中側を伝った手をその奥へ指を忍び込ませると、身体を痙攣《けいれん》させ、驚愕《きょうがく》した表情で貴志を凝視《ぎょうし》してきた。

「あ……嫌、っ……や、……め、ぁ」

くぐもって生なましい音が響く。

貴志は恐怖で揺れる由良の瞳を見て、微かに眉をひそめた。

赦《ゆる》せよ……。

由良の張り詰めたものから溢《あふ》れ出たものが狭間《はざま》を伝い、濡らされたその奥は固く閉ざしている。脚を開かせ、狭隘《きょうあい》なその場所に力ずくで押し入った。少しでも受け入れ易《やす》いよう、頑《かたく》なな場所をほぐすように指を探らせると、由良は身体を硬直させて懇願した。

「いやぁ…っ…たすけ、て……」

指を引き抜き、己《おのれ》の硬くなったものをあてがうと、貴志は泣きながら逃れようとする身体を無理に貫《つらぬ》いた。身をよじるように拒まれているのに、肌が触れるだけで眩暈《めまい》がしそうなほど欲望が迫《せ》り上がる。しっとりした練《ね》り絹《ぎぬ》のような肌を掴み、自分のほうへ引き寄せて抱きしめ、灼けるように熱くなった半身で、由良の中を深く穿《うが》った。

「あ…あ…あぁっ……いや……あぁっ……あぁっ」

硬直し、抵抗できない由良の喉《のど》から吐かれる声が斎殿に響いた。見開かれたままの双眸から涙が滴《したた》り落ちる。

それがこの背守を傷つけているとわかっていながら、貴志はやめなかった。

人の子として堕としてしまえば、この背守はもう誰のものでもない。

涙をこぼし続ける由良を強く抱きしめたまま、貴志は激しく突き上げる。

「あああ――――っ！」

深く穿たれ、最奥《さいおう》にその欲望を注ぎ込まれ、まるで人形のように由良は床に四肢を放った。

放心したまま、由良は硬直した面を晒《さら》している。

人形のようにぐったりとしたままの由良を腕に抱え、貴志は斎殿を出た。

斎殿の結界の外にいた宮司は、由良を抱えて出てきた男をどう扱ってよいものかわからぬのだろう。眉根を寄せたまま困惑した顔をしている。

宮司が呼んだのか、いつの間にか結界線に沿うように数人が立っていた。

おそらくその声も悲鳴も聞いたであろう、由良の変わり果てた姿に、一同は眉をひそめ沈黙したままだ。

「こいつは還俗させた。どのみち殺すつもりだったのだろう、文句はあるまいな」

「……当代様」

ぐるりと見回した貴志は最後に宮司を睨《にら》みつけて、吐き捨てるように言う。

これ以上この場所にいるつもりはなかった。由良を手に入れる口実は作った。後は東京へ連れて帰ってしまえばいい。

「帰る。不愉快だ」

宮司たちの間を抜け、門へと向かう貴志に宮司が追いすがってくる。

「何をおっしゃいます。背守をお受けに……」

もともとこんな迷信じみたことを本気でする気はなかった。由良は手に入れたのだ、もう名目だけの背守など受ける気はない。

「守りなど要《い》らぬ。親族どもにもそう伝えておけ」

「……当代様」

貴志は宮司を一瞥《いちべつ》すると、立ち尽くしたままの彼らを置いて、車のほうへ去っていった。

◆◆◆

東京――

財団ビルにほど近い複合マンションの最上階に貴志の住まいはある。本宅は品川《しながわ》の御殿山《ごてんやま》にあるのだが、貴志が近寄ることはない。

連絡を受け、先にマンションで待機していた門脇にドアを開けさせて、荷物のようにどさりと由良を手渡すと、門脇の表情が驚きで固まる。

「由良様……」

「還俗させた」

「な……」

ふだんは冷静な補佐役も、貴志の暴挙にとっさにかける言葉がないようだった。渡された先代の背守は未だに放心状態のままだ。

門脇が呆然としながらも、慌《あわ》てて確認してくる。

「……由良様はともかくとして、ご自身の背守は受けられたのですね？」

「この時間に帰ってきて、受けているわけがないだろう」

「当代様！」

「俺はそういう因習深い決まりごとは大嫌いだ。俺に家を継がせたいならその胸糞《むなくそ》悪い呼び方から変えろ」

貴志はつい苛立《いらだ》った声をあげた。

由良をこんな状態にしたのは自分だ。すでに心の中では自分のしたことを後悔している。だが門脇は由良のこんな状態を見ても、自分の背守受けのほうが大事なのだ。

誰も彼もがお家大事で、個人のことなどどうでもいい……。そんな小野の一族意識に嫌悪感が募った。それが職務に忠実な門脇にとっては当たり前のことなのだと、わかっていても反発せずにはいられない。

「では会長、確かに貴方はご幼少の頃から米国でお育ちだ。急なことで、小野家のなりたちもまだお話ししてはおりません。ですが……」

「御託はいい。お前は仁志の側近《そっきん》だったんだろう。背守のことが多少でもわかってるなら、お前が面倒を見ておけ。仕事のほうはお前でなくとも誰かに聞けばわかるだろう」

溜息《ためいき》をついて説明しかけた門脇を貴志が遮《さえぎ》る。夜通し車を飛ばしてきたが、すでに明け方で、貴志はこのまま財団に向かうつもりでいた。

自分は今、冷静さを失っている。そう自覚していた。我を忘れるほど由良への処遇に憤《いきどお》って、その後からどんなに律しても抑えがきかなくなっている。今門脇や由良と一緒に居続けたら、自分は理不尽《りふじん》なほどに彼等《かれら》に当たってしまうだろう。

とにかく、一度頭を冷やすべきだ……。

「……会長」

「任せたぞ」

自分の家だというのに玄関でやり取りしただけで、貴志は由良を門脇に押し付けたまま、踵《きびす》を返した。


財団最上階にある会長室で、貴志は苛立ちを収められないままモニターに向かっていた。門脇以外のスタッフは、よほどのことがなければ会長室には来ない。

「……」

窓のほうを見ると、晴れて薄い雲がたなびく青空が広がっている。

耳の奥で由良の悲鳴がこだました。

何を血迷ったことを……。

還俗を、殉死させないための理由にした。だがそんなものが欺瞞《ぎまん》でしかないことは、自分でもわかっている。ただ由良を手に入れたかったのだ。

幼かったあの日、自分を見上げて微笑む由良を、誰の手にも渡したくないと初めて思った。兄のもとへ向かう由良の後ろ姿を、寂寥《せきりょう》の思いで見つめた。

記憶の中の、最も大切で温かな部分だったのに、自分の手で壊したのだ。

泣き叫んで嫌がる由良を、ただ自分の欲情で犯した。

傷つき、驚愕したままの由良の瞳が目に焼きついている。

「……」

貴志は低く息を吐いて肘《ひじ》をついた。自分のばかげた暴挙が、どれだけ小野家で問題にされるか、容易に想像ができる。しきたり重視のあの家で、神職の男を犯して連れて帰るなど、蜂《はち》の巣《す》をつついたような騒ぎになっているだろう。口やかましい親族連中が大人しく黙っているはずがない。

だが今、貴志の心中を支配するのはそれら周囲の雑音ではなかった。

意識は戻っただろうか……。

門脇への苛立ちを名目にして、自分は由良から逃げてきた。

自分で傷つけておきながら、由良の姿を見ていられなかったのだ。

由良をあの場から連れ出す方法として、とっさに思いついた方法は還俗しかなかった。だが心の中はざらついた後悔でいっぱいだ。

それでも、由良を嵩叢へ帰す気にはなれない。もてあます感情に、貴志は眉をひそめて溜息をついた。

◆◆◆

人が踏み込むことを嫌う貴志の指示で、マンションは通いの家政婦が取り仕切っていた。この日も貴志は家政婦がいなくなる時間より早く帰宅して、さりげなく由良の容態を確認する。

「様子はどうだ」

「まだお熱が下がりませんで……」

「食事は」

家政婦が申し訳なさそうに首を横に振った。貴志はネクタイを外しながら、特に表情を変えることもなくその報告を聞いた。

「あの……ご本宅からお医者様をお呼びしたほうが……」

「門脇がそう言ったのか?」

苛烈《かれつ》な瞳を向けると、家政婦が怯えたように言い訳をする。

「あ、いえ。ただ……高熱が続いていますので、心配で」

「……」

東京に連れてこられてからずっと、由良は原因不明の高熱を出したままだ。熱はいっこうに下がらず、食事も喉を通らない。

「……明日、門脇に連絡して指示をもらえ」

「はい…では、私は今日はこれで」

おどおどしている初老の家政婦にそっけなく伝えると、家政婦は雇い主の顔色を窺《うかが》いながらいとまを告げた。

広いマンションで、家政婦が引けると、貴志と由良のふたりきりになる。

貴志は着替えを途中でやめ、廊下へ出た。玄関に向かって左側に、由良にあてがっているゲストルームがある。

「……」

貴志はしばらく耳をそばだてて様子を窺ったが、閉め切ったドアの向こう側からはなんの気配もせず、やがて諦《あきら》めて部屋へと戻った。

今自分が見舞ったところで由良の容態が変わるわけではない…。

熱の原因は自分の暴行以外考えられなかった。門脇も直接抗議はしてこないものの、心因性だと診立てているのか、病院に連れて行こうとはしない。門脇と家政婦が由良を案じてあれこれとやり取りをするのを横で聞くたびに、無言で非難されているようで、ピリピリと神経が逆撫でされた。

こんな形で拒まれたことに、罪悪感が心の中を覆《おお》う。自分を受け入れきれず、全身で拒絶する姿は正視にたえない。

記憶の底にいた幼い由良。数年の時を経ても、自分を捉えて離さなかった美しい背守……。

「……」

南向きに取られた部屋は、眼下にビル群の夜景が広がる。光の海を漂うようなその光景を、貴志は明かりもつけずにいつまでも眺めていた。

ドアの向こうに微かな人の気配がして、由良はベッドの中からじっとドアのほうを見つめた。

熱でぼんやりと霞んだ感覚で、それでもドアの外にいるのは貴志だと思った。

起き上がらなくては、と思うだけで身体は言うことをきかない。

数瞬あった気配が、そのまま静かに消えていった。

申し訳ございません……。由良は心中で頭を下げた。当主はきっと自分の容態を案じているだろう。

由良は、世話になっておきながら、顔を見せることもままならない自分を詫びた。

あんなことのあった後で自分が臥せたとあれば、貴志は責任を感じるだろう。無理にでも起きて、なんでもないのだと説明しなくてはいけない……そう思うのだが、意志とは裏腹に部屋を出ることはおろか、介添え無しでは体を起こすこともできなかった。

熱のせいだけではない、貴志の気配が近づくだけで身体がこわばっていくのを感じる。助けていただいたのだから……あれは、暴力ではないのだから……。

自分に言い聞かせてみるものの、本当は自分の身に何が起こったのかも、よくわからなかった。どうして貴志があのような振る舞いに及んだのかもわからない。

受けた行為はただ怖かった。だがそれよりも、何故貴志にそうされたのかがわからなくて、そうされたことが悲しくて、思い返すたびに切なくて涙がこぼれた。

あの夜、恐慌《きょうこう》状態に陥ってから、気が付いたときにはもうこの場所に連れてこられていた。我に返ったときにはすでに貴志の姿はなく、ただ仁志の側近だった門脇の姿だけがあった。

背守は、その〝力〟で小野家当主の守護を努めるのが役目だ。嵩叢の血を受けた者の中で、最も力を持つ者が背守として宮に上がる。自分は、先代の仁志の背守として宮に上がった。

仕えるべき主のない今、もう自分は生きていたところでどうなるものでもない。

なのに、門脇は枕元で自分に諭した。

『あの方は、貴方様の命を惜しまれてあんなことをなさったのです……』

貴志は背守をただの形式だと思っている。だから神職にある者というだけで、還俗させるなどということを思いついたのだ。そうまでして助けたかった貴方が死んだら、背守という制度そのものを嫌悪するようになるだろう。だからどうしてもしばらくはここに留まって欲しい、と、門脇はまだ返事もまともに出来ない状態の自分に説得した。

貴志は、背守が何かを本当には知らないのだと門脇は言う。それは由良にもわかった。他家で育った貴志に、そういったことを目にする機会はない。背守の力も、当主としての自分自身の〝力〟も知らないだろう、だから背守を受けなかったのだ。

だが、背守のない当主は有り得ない。

仁志の頃から側近として当主を補佐し続けている門脇でも、貴志を説得することが出来なかった。しかしもう自分は背守ですらない。遷化《せんげ》の儀式を終え、その力は次代の背守へと遷《かえ》してしまった……。守護も務められない自分がここに居ても仕方がないのではないだろうか。

『由良様のお言葉なら、あの方も耳を傾けてくださるはずです』

背守でもない自分を、守護のためではなく、説得役として門脇はここへ置いた。

貴志に背守を受けさせることは、仁志を護れなかったことへの償《つぐな》いになる……、そう言われて逆うことはできない。それが贖罪《しょくざい》になるのなら、できることはなんでもさせてもらいたいが、それには貴志と向き合うことを避けられない。

由良は真っ暗な部屋の中でぎゅっと目を瞑《つぶ》った。身体の芯《しん》からくる震えが、熱のせいなのか恐怖感なのかわからない。だがくりかえし繰り返し自分に言い聞かせる。

あの方は、私を助けようとしてくださったのだ……。

自分の命を惜しんでくれたのだ。だからあれは暴力ではない、と由良は自分を説得する。情けをかけて助けてくれた当主の恩《おん》に報《むく》いること、少なからず感じているかもしれない呵責《かしゃく》を取り除くことは、自分の役目だ。そう思うのに部屋を出ることが怖い。

自分の感情を無視して動こうとする反動のように、身体は発熱して悲鳴をあげる。

理屈でどんなに言い聞かせても、まだ受けた恐怖感は拭えない。

部屋を出ようとする意志を持つだけで、身体が竦んでそれを拒む。それの繰り返しだった。貴志が何度か部屋の様子を窺っているのがわかっていても、出て対面することができない。

貴志に会うのが恐い……。

摑まれた腕、床に押し付けられた恐怖感、引き裂かれるような痛み。目を瞑っても振り払っても、あの感覚が甦《よみがえ》るだけで背筋に戦慄《せんりつ》が走った。

どうしても、この部屋から出られない。

なのに、貴志がドアの向こうに居ると思うときに、不思議な感覚がある。

見えるわけではないのに、貴志がドア越しに自分を見つめているような気配がした。

案じるような、赦《ゆる》しを乞《こ》うような微かな感情の波を感じて、由良もまたドアのほうを見つめる。立ち去っていく気配に、追いかけていきたいような寂しさを覚えてしまうのだ。それでも恐くてその扉を自分で開けられない。

矛盾《むじゅん》する感覚が、自分の中で交錯《こうさく》していた。

由良は暗闇でそっと目を開けた。熱で潤んだ視界に、無機質な白い壁が見える。

恐い方ではない……あの方は、仁志様の弟君でいらっしゃるのだから…。

由良は無理にでもそう思い込もうとした。

苛烈な瞳、見間違えそうなほどそっくりな顔立ちなのに、貴志は仁志とはまるで別人のように恐かった。由良は自分の中で、優しかった自分の主、仁志にイメージを重ねようとしたが、思い浮かべるほどに二人の差異は広がる。

強い覇気《はき》が貴志には纏わりついている。身を引き裂かれたあの暴挙を除いてもまだ、貴志の気配は鋭くて恐い。

……でも。

その激しさの後ろにある微かな感情が、引っかかった。貴志を完全に拒絶できないのは、この微かな糸のような繋がりだけだ。あの時、自分を組み伏せた貴志が一瞬見せた苦悩のような瞳が、何度も浮かんでくる。

ふと時計のほうへ目をやると、すでに時刻は深夜を回っていた。

もう、お寝《やす》みになられただろうか。

ひとり部屋に戻った貴志のことが気にかかった。継いだばかりの事業のこともあるのだろう、貴志の帰りは毎晩遅い。自分も顔を見せないまま数日こうしている。自分のことが、少しでも貴志の心を煩《わずら》わせているのなら、一日でも早く、元気な姿を見せなくてはいけない。

そして貴志に背守を受けてもらうのだ。

貴志の護りとなる背守を受けさせるのが、自分の最後の努めとなる。それを果たしたら、主を護れなかった償いを果たして、自分は許されて死ねるだろう。

次の時代の小野を継ぐ者、貴志の役に立てるのなら、嵩叢の者としてそれで充分だった。

せめて今、貴志が安らかに眠れているように、と祈りながら由良もまた意識を沈めていった。

◆◆◆

自宅での膠着《こうちゃく》状態をよそに、引き継いだ業務は着々と動き始めていた。財団では臨時役員会が開かれ、在籍《ざいせき》する主だった重役の他、外部からも名誉職に名を連ねている者たちが席に着く。貴志は会議室の楕円形《だえんけい》テーブル中央に座り、一堂に会した役員たちの顔ぶれを見渡した。

米国経済誌でも見かける顔がいくつもある。これら全てが非営利団体の名目で、ひとつの結束を守っていることにも驚いたが、ただ小野家当主というだけで、まだ二十代の、ほんの若造でしかない自分を頭領《とうりょう》に据えようという一族意識にも違和感を禁じえない。

日本経済を左右しようかという人物たちが、相手の技量も確認せずに従おうというのだ。

小野家にそれほどの何があるというのだろう?

含みのありそうな老人たちを眺めながら、貴志は目立って若い役員に目を留めた。

製薬会社に在籍している保科久秀《ほしなひさひで》だった。保科は小野の分家のひとつで、久秀と自分とは従兄弟《いとこ》の間柄にあたる。

久秀はゆるく波打った髪に、ラテン系を思わせる彫りの深い顔立ちをしていた。先ほどから神経質に眉をひそめて、配布された資料を睨み、不満がありありと見える表情をしている。

司会進行役の声がマイク越しに聞こえた。

「来期事業計画は以上になります。ご質問は」

久秀が発言の意を表明した。司会者はマイクを渡そうとしたが、久秀は手でそれを軽く遮《さえぎ》った。向き直った視線は確実に貴志のほうを向いている。

「こちらでご提案した事業計画のいくつかが削除されているのは、どういうことでしょう、会長」

「俺が非採算と判断して棄却《ききゃく》した」

「…失礼ながらこれは関連団体との関係もあることですし、ご相談もなしに廃案と決められては」

隣にいた門脇が説明しようとしたが、貴志が間髪《かんはつ》をいれずに答えた。

「運営方針の転換だ、実務調整は進んでいる。問題はないはずだ」

財団は旧来の日本型経営の典型だ、と貴志は分析していた。関係会社との間で安易《あんい》に受注が繰り返され、利益は外部に流れない仕組みになっている。それ自体は問題がなかったが、貴志は運営体質をもっと強化するつもりだった。

財団の意義は、政財界への影響力を大きく、存在を目立たせずに存続することにある。

企業のように成長する必要がない…そういう姿勢で運営が図られていることは貴志も承知している。

だが、自分が預かる以上、日本式の、恩を売るだけのような〝お付き合い事業〟に無駄金を使う気はなかった。お飾りの団体ではなく、本当に各界へ強くプレッシャーをかけられるようにするには、事業計画ひとつでも、きちんと実利を生み出せるものでなくてはならない。

　廃案報告は、実務調整が終了してからのほうが波風が立たないのはわかっていたが、貴志は久秀が食いつくのを承知で、敢えて報告させた。予測通り、久秀は納得できないという顔をしている。

「しかし会長」

「今後しがらみで無駄な事業をするつもりはない。判断は財団を預かる俺がする」

　保科がギリッと奥歯を噛みしめるようにして黙った。同席していた老人たちはははらはらとそれを見守ったが、やがて久秀が抑え気味に言った。

「……ずいぶん直截《ちょくさい》なおっしゃり方ですね。話し合う余地もなしですか」

「気に入らないのはお互い様だ。腹芸に無駄な労力を使う必要はない。廃案事業のことじゃないだろう。不満があるならこの場で言え」

「……一族の長ともあろう方が、それで統率できますか？」

　本音を出した保科に、周囲が目で止めた。だが保科は不満を隠さない。

「噂《うわさ》では背守受けも退《しりぞ》けられたとか……背守無しで一族が納得できるとでも？」

　貴志が席を立ちながらその視線に視線で圧した。

「理由はそれか…。事業と古臭いしきたりを一緒にするな。俺はそんなものまで継ぐ気はない。納得できないならお前が代替わりの名乗りを挙げろ。俺は一向に構わないぞ」

「会長……」

そのまま席を立った貴志は、呆然と突っ立ったままの司会者を横目に会議室をあとにした。


「何ごとだ」

「あ、旦那様、おかえりなさいませ。あの…由良様が」

予定より早く帰宅した貴志は、医師と看護師が居間にいるのを見て家政婦に問いただした。家政婦はおろおろした様子で説明する。

「由良様が無理に起き上がろうとされて、お倒れになられて……打ちどころが悪かったらと心配でつい……勝手に申し訳ありません」

「いや、いい。医者を呼んだほうが安全だろう。問題はなかったんだな？」

貴志は往診鞄《かばん》に医療器具をしまっていた医者に問いを向けた。医者は深々と頭を下げて答えた。

「ご挨拶《あいさつ》もいたしませんで、申し訳ございません。ご様子を伺《うかが》わせていただきましたが、今のところ衰弱のほかは特に……」

初老の医師は、家政婦が言っていた「本宅の医者」なのだろう。貴志は軽く礼を言ってそのまま下がらせた。家政婦が見送りにロビーまでついていき、貴志はひとり由良の部屋を見た。

家政婦の、困ったような声が繰り返される。

『無理に起き上がろうとされて……』

ここに居るのが辛《つら》いか…。

起き上がれたのなら、意識はあるのだろう。無理をしてでも外に出たかったのかもしれない、と貴志は眉をひそめた。

閉ざされたゲストルームのドアを開ける。

白い枕に埋もれるように、ぐったりと目を閉じた背守が寝かされていた。貴志は静かに枕元まで近づくと、その姿を見下ろした。

薄い紗《しゃ》のカーテンを引かれた部屋は、うっすらと外光が入ってやわらかく明るい。

明るい場所で由良を見たのは初めてだった。

青白く影を落とした瞼、白い肌がいっそう具合の悪さを報《しら》せている。濃い睫毛が小さく震えていて、貴志は由良が起きているのではないかと見つめていたが、目を開ける様子はなかった。

こんなに華奢だったろうか。

床に臥しているからかもしれないが、細い肩も、小さな頭も、夜目に見たときよりずっとかぼそい印象を受けた。

見も知らぬ男に身を引き裂かれたのは辛かっただろう、と貴志は苦い感情を募らせた。由良を憶えていたのは自分だけで、由良自身が憶えているわけはない。由良は兄の背守となり、兄に仕えていたのだ。そこには、自分の知らない時間が流れている。

勝手に想いをかけ、主を失ったばかりの由良を力ずくで奪ってきたのだ。それが由良をどれだけ苦しめてしまったかは、自分にはわからない。

「……」

貴志はそっと由良の額に指先で触れた。

この背守が欲しいばかりに、自分の我を通した。報いとして由良が二度と自分を見てくれなくても、それは仕方がないことなのだ、と自分に言い聞かせる。ただ、あのまま嵩叢に残して、死なせることだけはしたくなかった。どうしても自分のところにいるのが苦痛なら、本宅へ置いてもいい。それで由良が楽になるのなら、目が覚めたときそう伝えてやろう、そう思った。

触れた額の感触に、そのまま抱きしめたい衝動に駆られたが、未練を振り払うように由良から離れ、静かに部屋を出た。

当代様……。

ドアが静かに閉められた音に、由良は目を開けた。

貴志が家に戻ってきてから、ずっと気配を感じていた。部屋に入ってきたのがわかったとき、覚悟を決めたつもりだったのに、目を開けることができなかった。

抑えても止められない恐怖感。体が言うことをきかなくて、気持ちだけではどうにもならなかった。

恐くて、そんな自分がなさけなくて、今になって涙が出てくる。

わざわざ来てくださったのに……。

眠ったふりは気付かれたかもしれない。

指が触れる感覚があって、まるで呪縛《じゅばく》から解かれたように震えが止まった。

何か温かいもの。悲しみのように切なくて、深く心を捉える何かが伝わっていた。

あの感覚に、恐れは消えていったのに、目を開けたときにはもう間に合わなかった。貴志は部屋を出て、からっぽの部屋はただ穏やかなだけで、何もない。

すみません……。

たった一瞬触れ合っただけで、貴志の苦悩まで受け取ったような気がした。

やはり気に病んでいたのだ。それだけではない、もっと複雑な感情。それに言いあたる言葉がみつからない何かが、貴志の中でわだかまっている。

由良はふらつく上体に力を入れて起き上がろうとした。今度は倒れないように、慎重にベッドの端に寄りかかりながら半身を起こす。

起き上がらなくては……。

かつて、数年しか仕えなかった主、仁志の負っていた当主という重責を思い浮かべた。一族全ての上に立つという重みがどんなものか、傍《かたわ》らで見ていた背守としてよくわかる。

今、貴志はたったひとりでそれを負っているのだ。

自分がいつまでもこうして甘えているわけにはいかなかった。一刻も早く、貴志の護りとなり、支えとなる背守を受けさせなくてはいけない。

大丈夫、私はあの方を信じられる……。

触れた指先の、あの温かさを信じよう。由良はそう誓って腕に力を込めた。

この部屋を出る、そう強い意志をもって由良は立ち上がろうとしていた。

◆◆◆

翌日――

夕刻、門脇が車でマンションまで送りながら家政婦からの報告を伝えてきた。

由良の熱が下がり、今朝方から起き上がれるようになったとのことだった。

「ご本人がおっしゃるには、もうなんともないとのことです」

「……」

心の底ではほっとした気持ちだった。だが貴志は口を引き結んだまま何も言わなかった。

その沈黙に、門脇が話題を変えるように口を開いた。

「昨日の保科様の件で、籐堂《とうどう》様からご注意をいただきました。もう少し、諫《いさ》め方をお考えいただきたいとのことです。一応、ご報告しておきます」

「直接言ってこないのなら放っておけばいい。お前から聞いたことは承知しておく」

自分に対するクレームは、全て門脇を通して告げられる。直接抗議してくるのは久秀くらいだった。ある程度の反発など想定済みだ。周囲の不満も漏れ聞こえてはいる。門脇がそれを案じて調整をしているのも知っていたが、同時に、自分の采配《さいはい》にそれなりの評価が出てきていることもわかっていた。

下の者の顔色を窺う気弱なトップでは、こうした古い体質の場所では統率力を欠いてしまう。多少ワンマンに見えても、揺るがないスタンスを取って出ることは、牽引《けんいん》力を証明する上で必要だと思っていた。

「なぜわざわざ挑発するような真似をなさったのです。ただでさえ保科様は今回の人事をあまり快《こころよ》く思われていらっしゃらないのに」

「表面だけ従わせても意味がない。どうせ俺が何をしても虫が好かないんだろうから、いっそ表に出せばお互いすっきりするだろうと思っただけだ。言わせるなら身内が顔を揃えているあいった席のほうが都合がいいからな」

門脇が困ったように苦笑いした。

「そういう荒療治《あらりょうじ》は、年のいった方の前ではなさらないほうが……」

「年寄りのほうもだ。扱い易い外様大名《とざまだいみょう》だと思われるよりいい。大人しく椅子に座ってるだけの木偶《でく》でいいなら、俺を呼び戻す必要はなかったはずだ。俺も傀儡《かいらい》などやる気はない」

「会長……」

貴志の鋭い瞳が、バックミラー越しに門脇に向けられた。

「勝手に担ぎ上げられて、わけのわからないことをやらされる気はない」

貴志は門脇の視線を捉える。

「……あの連中が本当に望んでいるのは何だ？　背守受け云々だけじゃないだろう。久秀は俺の何に反発している」

「……それは」

核心を突いた貴志の問いに、門脇が口籠《くちごも》った。

「質問を変えようか……役員の顔ぶれだ。何故『小野』でない者ばかりがいる？」

「ご出席の皆様は全て小野一族の方々です。ご説明申し上げたはずですが」

「何故苗字《みょうじ》が違うんだ？　一族の影響力を高めたいなら、普通皆『小野』を名乗るだろう」

ああ、と門脇が合点がいったように頷いた。

「小野家は、影響力を広げるために、中世の頃からさまざまな公卿《くげ》や貴族の家と婚姻《こんいん》を通じて繋がったのです。本家を除けば、藤氏《とうし》よりも深く支配階級に潜り込みました。それぞれの家名を名乗り、一族であることを証明できるのは、その血だけです」

「……年季の入った結束だな」

代々、というにはあまりにも遡《さかのぼ》った時代をあげられて、貴志は呆れたような口調で返した。だが門脇はそれに構わず続けている。

「何のために、というご質問には、いずれお答えできる方にお目通りいただきます。私ごときでご説明できるものでもございません。どうぞそれまではご容赦ください」

「……」

門脇に牽制されて、貴志はそれ以上問いただすことはしなかった。


門脇からの連絡を受け、由良は引けた家政婦の代わりに、貴志を出迎えるために玄関へと向かう。

まだ熱の名残《なごり》で体はだるいものの、ちゃんと自分の意思で動けた。

もう大丈夫……。由良は静かに自分に言い聞かせる。

恐くはない。由良はまっすぐ主が帰ってくる玄関に目をやった。自分が生き長らえたのは貴志に無事、背守を付けさせるためなのだ。役目を果たすまで、自分は倒れるわけにはいかない。

仁志を護れなかった分、せめて貴志にだけは報いたい。

玄関に入ってきた貴志は、ふいをつかれたような驚いた顔を見せた。

「おかえりなさいませ」

「……」

由良は単衣姿のまま、主の帰りを受けて深々と頭を下げる。

貴志はまだ驚いた顔をして黙ったままだった。そのまま気まずそうに目を背けて言い捨てる。

「半病人のくせになぜうろうろしている」

「会長……」

その言いようはないだろう、というように門脇が貴志の後ろから非難の声をあげたが、一瞥もくれないまま由良の横を通り過ぎると自室へ向かった。そして捨て台詞《ぜりふ》のように言い放つ。

「その病人じみた格好もだ。いつまでそんな姿でいるつもりだ。お前は還俗したんだぞ」

「会長！」

「いいのです、門脇様」

「……由良様」

複雑な表情の門脇に心配させまいと、由良はそっと微笑《ほほえ》みかける。まだ弱々しくはあるが、もうあのときの自失した姿ではない。

「お見苦しい姿をお見せしてしまいました。ご不快に思われても当然です……」

「しかし……」

門脇は、まだ何か言いたげな顔をしている。

「ご本心からおっしゃっているわけではないと、わかりますから……」

だが、由良は穏やかな顔でそれをなだめ、貴志の消えた部屋へ目をやった。

憎まれ口にも聞こえる先ほどの言葉とは裏腹に、貴志から感じる気配は心配そうだ。

自分の容態を気遣ってくれている……。

由良にはなんとなくそう感じられた。貴志が決して自分を見ようとしないのは、自分を嫌ってのことではなく、後ろめたく思っているからではないか、と。

「……身なりだけは、ご不快でもお許しいただくしかありませんね。替えを持っておりませんから」

「由良様……」

大丈夫ですから、と由良は静かに答えて、門脇を帰した。


貴志は自室のソファに腰掛け、明かりをつける気にもなれなくて、何をするでもなく薄闇の中で鈍《にぶ》く瞬《まばた》く夜景に目をやっていた。

由良を本家へ移すつもりだった。熱が下がったという報告を受けて、由良の前で門脇に指示を出す予定が、いきなり出迎えに出ていた由良を見て、面食らって言葉が出なかった。

何が由良を快復させたのだろうと思うほど、由良はあの静かで凛とした姿を取り戻している。

まるで何もなかったかのように、静謐《せいひつ》な姿で現れたのだ。

あの陵辱などなかったことのように、涼しい顔で仕えてくる。それが貴志には逆に耐えられなかった。

あれは、〝背守〟の貌《かお》だ。どんな仕打ちも、主君のすることと黙って受け止め、無かったことにされてしまう。由良は、当主としてしか自分に接しない。

誰も彼もがそうなのだ。個人で接してくるものなどいない。

門脇は側近として、あらゆる部下は、全て『小野当代』に従う者として、家政婦から医者にいたるまで、全てが自分を仁志の代わりに据えられた頭領として接してくる。

誰も、自分個人として向き合ってくれるわけではない。それを仕方がないことと承知していながら、由良だけは、違うのではないかと心の奥底で望んでいた。

だが、由良もまたその一人でしかないのだ。由良は背守で、由良自身の感情で今自分の傍にいるわけではない。そしてそれをなじることはできないのだ。

自分は当主で、由良にとっては服従する対象でしかない。

貴志は向けようのない憤りを抱えたまま、ひとり眼下の夜景を眺めていた。

ふいに、半端に空いていた部屋のドアが静かに開いた。

振り返ると由良の白い手が壁際のスイッチを遠慮がちに探って明かりをつけようとしている。

「つけるな……見えるだろう」

「……」

由良の手がそのまま静かに止まる。

洋風のものにまったく馴染《なじ》みのなさそうな由良が、どう覚えたのか、紅茶を淹れてきている。

南側一面に大きく取られた窓は、カーテンを開けたまま、夜景の明かりで部屋の中は物の判別がつく程度には明るかった。

由良がそっとサイドテーブルにトレイごとカップを置く。湯気と、アールグレイの芳香が漂った。

「こちらに置いておきますので……」

そう言ってそっと下がりかけた由良に、貴志は苛立ちを抑えきれなかった。

「お前がそんなマネをする必要はない」

薄い闇の中で、由良が微かに困ったような笑みを浮かべる。

「……置いていただいているのに、何一つお仕えできておりませんので、せめてこのくらいは……」

「小野の家が主君筋だからか？　俺が本家の者だから何をされても逆らわないと？」

「……そのような。私はただ……」

「わかってるのか？　俺はお前を陵辱したんだぞ？　お前を犯して、汚したんだ」

貴志は苛立った声で吐き捨てる。由良に当たるのはお門違いだと、わかっていながらやめられなかった。

こんなふうに言いたいわけではない。だが他の言葉が見つからなかった。

苦しめられた当の本人が自分を責めない。どこまでも主君筋として仕えてくる姿が、踏み込めない隔《へだ》たりが苦しかった。

ずっと、由良の悲鳴と涙が脳裏から消えなかった。起き上がることもままならないほど弱った姿に、罪悪感が重く胸を塞いでいた。

他の誰にもそんなことを望んだことがない。しかし由良だけは、個人としての感情を向けて欲しいと願わずにはいられなかった。

由良は髪をゆらしてゆっくりと首を振り、静かな声で言った。

「違います……死ぬはずだった私を助けてくださいました」

あんな仕打ちを受けて、本気でそう思っているのだろうか。思わず眉根を寄せ、目を眇《すが》める。

「言い訳だ………俺は、お前に欲情したんだ」

ビクリと闇の中で由良の肩が揺れた。

「…どうしても俺のものにしたかった。連れて帰るために引き裂いて、お前を引きずり落としたんだ」

隠すつもりはなかった。還俗など大義名分に過ぎない。自分のしたことは、断罪されてしかるべきものだ。だから由良には本心を告げたい。

「当代様……」

「……お前は、俺を恨《うら》んでいいんだ」

己の感情を殺して、ただ表面だけ仕えてくるくらいなら、憎まれているほうがまだよかった。いっそ恨んでくれればいい、そう願って由良を見つめた。

由良が貴志のほうへ近づいてくる。足もとでひざまずき、首を振って貴志を見あげた。

「感謝こそすれ、恨みになど……」

「……」

由良の、囁くような小さな声が、貴志の耳朶《じだ》にゆっくりと広がっていった。

嘘《うそ》や偽《いつわ》りは感じられなかった。

貴志はその声音を聞きながら、自分の中でささくれ立っていた気持ちが鎮まっていくのを感じた。

不思議なほど、由良の声がやわらかく自分の感情を包んでいく。穏やかな瞳が見あげてくるだけで、満たされたような気持ちになる。

由良も他の人間と同じように、義務感で部屋に来たのだと思っていた。だが自分の穿った考えと反して、由良は本当に、ただ自分のためだけにここへ来てくれたのだ。

穏やかな黒髪の背守。無理に人の子に堕とされたのに、この男は清冽さを失っていない。

何ひとつ責めることなく、ただ静かに自分を見つめる瞳に、素直に心の中から言葉が出てきた。

「……身体はもういいのか?」

由良がその声に微かに微笑む。

「はい……。ご心痛をおかけして、申し訳ございません」

貴志はかしずいている由良の腕にそっと触れた。由良の手が、微かに震えた。

とっさの反応に、自分がしたことの愚かさに気付いて苦く自嘲《じちょう》する。

「……怖いか。当たり前だな」

いくら由良が好意的な解釈をしてくれたとしても、あの暴力は消せない。

だが由良は髪を揺らしながらちいさく頭を振った。はかなげな笑みを貴志に向ける。

「いえ……、少し寒いだけです。東京は、もっとあたたかいのかと思っていたのに、寒いので……」

目を伏せるようにして、腕を摑まれたまま由良が言った。その手を拒まず、されるままにじっとしている。どんな感情を見せても、この背守は静かに自分を受け止めてくれる。

その微笑みに、ゆっくりと自分の心がやわらいでいった。

「俺もそう思っていた。……日本は、意外と寒いんだな。忘れていた」

貴志はそのまま由良の腕を引いた。ただ由良の温もりを感じていたかった。

抱きしめて、互いの肌で温め合う。

由良は拒まなかった。無言の恭順《きょうじゅん》が、ただの義務感ではないのだとでもいうように、そっと体を預けてその重みで示す。

同じ男とは思えないほど華奢な体を抱きながら、貴志は穏やかになっていく意識に、それまで気を張っていた自分に気づかされた。

突然小野家に戻され、否応無く跡継ぎに据えられた。家督も事業も、親族中がこの出戻りの若造にいい顔をしない中、年寄り連中を恐れたことはなかったが、それでもふとした瞬間に孤独を感じる。

見下ろすとそこには、何も求めずにただ自分を見る瞳があった。

自分は、ただずっとこんな風に由良に触れたかったのだ。

助けたつもりの相手の温もりが、自分の心を溶かしていくことに、愛おしむようにその体を抱きしめた。

その腕にくるまれて、じわじわと胸を満たしていく思いに由良は目を閉じた。

抱かれた胸の体温に、相手の立場を忘れてしまいそうだった。小野家当代となった貴志に、畏れ多いと思いつつも、頭を預けるように寄りかかってしまう。それを促すように貴志の腕が由良の頭を抱きしめる。

低い呟きが頭上でした。

「温かいな……」

こくり、と由良は無言で頷いた。

貴志はそれ以上何も言わなかった。だが言葉もなくただ抱きしめられているだけで、由良の中にひたひたと何かが伝わってくる。

薄闇の中にひとりでいる貴志を見たときに、この孤独な男の傍にいたいという思いが胸を衝《つ》いた。

じかに対面することは、もっと恐ろしいことだと思っていた。

覚悟して部屋に踏み入ったはずなのに、恐れていた相手に、どうしてこんなに惹かれてしまうのかわからない。

腕を摑まれ、切なく自分を求められたような気がした。

迷子の子供が摑む腕を探すように、貴志が自分の手を探している……。

一瞬甦った恐怖感より、貴志の希求が胸に刺さって、拒むことなど考えられなかった。守るようにくるまれた腕は温かくて、こわばっていた体がゆっくりとほどけていく。布越しに伝わる鼓動《こどう》が穏やかに耳に伝わった。ただ腕の中で、せめて次の背守を受けるまでの間だけでも、傍に置いて欲しいと願った。

先代の、仁志に仕えたことを不満に思ったことはない。それでも由良は、叶《かな》うはずのない選択を想像してしまう。

この方に、お仕えしたかった……。

自分が貴志の背守だったら、どんなによかっただろう。

だが自分は先代の背守で、もうその役目を終え、里には戻れず、異郷の都で自分を必要としてくれる人は貴志ひとりしかいない。

◆◆◆

東京は由良の知らない世界だった。だが日本に戻ってきたばかりの貴志もまた異邦人なのだ。

互いの孤独を庇い合うように闇の中でふたりはただ抱きしめ合った。

夜が、更けていった。

貴志がマンションに帰ってくるのは、たいてい夜遅い時間だった。由良は家政婦が引けるとひとりで貴志の帰りを待つ。

見慣れないコンクリート製の住居は、由良には馴染みがない。

それでも遮断された空間で、貴志が帰ってくるのだけは何故かわかるのだ。空気に鮮やかな色をさしたように、はっきりとした感覚がある。由良は貴志の気配を感じて玄関へ向かった。

「おかえりなさいませ」

貴志が黙って頷いた。門脇は玄関の扉より外側で、主の無事を見届けると黙って一礼して下がった。

由良も門脇に頭を下げる。

「ご苦労様でした」

「……」

貴志はそれを立ち止まってちらりと見ていた。何を大仰《おおぎょう》な、という顔だ。由良が振り返ると、貴志は無関心そうに視線を戻してしまった。

当代様……。

貴志が普段口をきくことはあまりない。黙って通り過ぎると自分の部屋へ直行し、着替えて出てくることもあるが、ほとんどはそのまま出てこない。だから、一日のうちで顔を合わせるのは、朝と夜のこの一瞬だけだ。

この方は、なぜ私を助けてくださったのだろう……。

部屋へ消えていく後ろ姿を見送りながら、由良はそう不思議に思った。しきたりを曲げてまで自分を生かしておいても、貴志には何ひとつメリットはない。

あれから――貴志の部屋へ入った日から、由良は床払《とこばら》いをして日常生活に戻った。だが、貴志との距離は、そう変化しなかった。

特に何かを言いつけるでもなく、会話らしいものもない。何の接触もなく、いったい自分は何のためにここへ連れられたのだろう。

由良は小さく溜息をついて、自室に帰らず、リビングへと足を向ける。

誰もいないリビングの明かりは消されたままで、由良はそのままソファに腰掛けたままじっと考え込んだ。

お忙しいのだから……。

仁志の死が急だったこともある。財団の決裁事項も問題も山積みだろう。たかが先代の背守ひとりに、いつまでもかかずらわっていられるはずもない。

気まぐれな一時の情で助けただけで、貴志にとってたいしたことではないのだ。

貴志の家で暮らすようになって、少しずつ貴志の人となりが見えてきていた。

意志の強さ、迷いのない統率力。果断を下すが、決して情のない決断ではない。

視野の広さもリベラルな感覚も、人望の厚かった仁志とは違う意味で一族を引っ張っていける充分な資質を備えている。

時おり、これだけの力量を持つ貴志に、背守受けを勧めるなどという自分の説得は要《い》らぬ世話ではないかという気持ちになった。そもそも、自分の意見に耳を傾けてもらえるほど、自分に執着《しゅうちゃく》しているわけでもないように見える。

貴志の真意がわからないまま、それでも目は貴志を追った。

しんとした部屋の空気を感じるたびに、いつの間にか温められたあの胸のぬくもりが甦る。

現実感がなくて、あれは熱にうなされて見た、夢ではなかったのかと思うほどだ。

なのに、通り過ぎていく貴志に、振り向いてはもらえないだろうかと期待していることに気付いて由良はちいさく頭を振った。

馬鹿な……あの方にはあの方の背守がいるのに。

分を超えてはいけない。自分はただ説得役としてここに置かれただけで、自分が背守になるわけではない、そう由良は自戒した。

背守を受けていない貴志の身を護るために、門脇は毎日玄関まで送り迎えをしなくてはいけないほど、警護の要に迫られている。

余計なことを考えている場合ではないのだ。

なのにこの寂しさはなんだろう。素通りされるだけで、まるで忘れられて、ひとり取り残されたような気持ちになる。

ふいに明かりがついて、由良は目を眇めた。

「どうした？」

「当代様……」

慌てて立ち上がると貴志はセーターに着替えてリビングに来ていた。何かを確かめるように由良のほうを見ている。

「……具合が悪いのか？」

「いえ……」

返事に納得したのか、貴志はそのままダイニングのほうに行ってコーヒーを淹れ始めた。

由良は穏やかに癒されていく気持ちに驚いた。貴志が自分に話しかけてくれるだけで、こんなに嬉しい。微かな幸福感に満たされながら、一方で自分の立場をわきまえなければと自分を諌めた。

「あの、お淹れしますから」

「この程度は自分でやる」

「それでは、私にできることがなくなってしまいます」

貴志がカップを棚から出しながら、珍しく少し冗談めかしたような声で言った。

「お前は背守なんだろう。主の無事を祈るのが仕事なら、ここでそうしていればいい」

もし、自分が貴志の背守だったら……。

由良はその夢想を振り払った。寂しげになった顔を取り繕うように微笑み、自戒を込めて言う。

「私は、先代様の背守ですから」

ですから、当代様もご自分の背守をお受けください。そう続けようとして由良は声を失った。

黙って自分のほうを見ている貴志の瞳が声を奪う。

じっと射抜くように見つめられ、由良には言葉が続けられなかった。

しばらく見つめ合ってから、貴志が静かに言った。

「……」

「そうだったな……お前は、仁志のものだった」

「……」

「あとで取りに来る。置いておいてくれ」

凍りついたままの由良を置いて、貴志はそのまま黙ってリビングを出た。

部屋ではコポコポとコーヒーの落ちる音がして、香りがあたりにたゆたう。

当代様……。

言ってはいけない一言を口にしてしまった気がした。

だが出てしまった言葉をどうすることもできず、由良はぼんやりと立ち尽くす。

やがてコーヒーメーカーの音がやみ、由良は届けるべきか何度も迷いながら、それをカップに移して貴志の部屋へ運んだ。

いつも少し開けてある貴志の部屋のドアは、どんな侵入も拒むように、閉め切られたままだ。

「……」

由良はノックをしようと手を浮かせたまま、その扉を叩く勇気がなかった。ドア一枚の隔たりが、強い拒絶の壁に思える。近づこうとしてくれた貴志を、自分で撥《は》ね除けてしまったような気持ちだった。

こんなことで、当代様を説得できるのだろうか……。

自分は仁志の背守。これは変えようのない事実だ。自分が貴志の背守になれるわけではないのだ。貴志を求めてはいけない。

なのに、胸が痛い。言った言葉に自分が一番傷ついている。

どうして……。

「……」

しばらく逡巡した後やがて諦め、うなだれて引き返そうと踵を返したそのとき、ドアが開く音がして、由良は振り返った。

貴志が見ている。由良も振り返ったまま、貴志を見た。

「持ってきてくれたんじゃないのか？」

ドアを開けてくれるとは思わなかった。とっさのことに、声が上手く出ず、詰まってしまう。

「……冷めて、しまったので、淹れ替えて…」

「それでいい」

差し出された手の先を見ると、貴志の目がやわらかく自分を見ている。由良がそっと手渡すと、貴志がぬるくなったコーヒーを受け取った。

「今度は飲みたいときに頼むことにする」

「はい……」

貴志の気配にさっき見せた拒絶の感覚はなかった。いつもと変わらない、強い鋼《はがね》のような覇気だ。

だが、前のようにその部屋には立ち入ることはできない。

自分で造った壁に自分で阻まれ、由良はそっと頭を下げ、部屋へ辞した。

◆◆◆

その日は日曜で、穏やかな午後だった。

まっすぐに自分を見て言った由良の言葉を何度も反芻《はんすう》しながら、貴志はリビングで資料を眺めていた。間続きのダイニングでは、由良がソファに座って静かに書物に目を落としている。

『私は先代様の背守ですから……』

その言葉を聞いてから数日が経った。あれから、互いになんとなく距離をはかりかねて、踏み込んだ話はしない。

由良は自分がリビングにいる限り、同じ部屋で控えている。門脇も過剰なほど送迎を含めて警護を欠かさない。ここまでくると、貴志にも古臭い迷信や形骸《けいがい》化した伝統とも片付けられない気がした。

それだけに、由良の言葉は強く残る。

聞いたときには、思ったよりもショックで、返す言葉がなかった。それは強い拒絶の意志のように思えた。誰に抱かれても、決して心は従わないという、由良の意志を伝えられたような気がしたのだ。

背守とはそういうものか？

主のあとを追って殉死までしようというのだ。その忠誠心も絆《きずな》も、半端なものではないのだろう。

あの夜。部屋でただぬくもりを分け合うためだけに抱きしめたとき、何もかも赦された気がした。

由良も自分を受け入れてくれ、その感情を自分に向けてくれるものだと思ったが、由良はいつのまにか自分の立ち位置に戻ってしまった。

仕える者としての位置、仁志のものであることを、変えようとしない。

貴志はそっと由良のほうを見た。

由良はいつでも物静かだ。貴志から話しかけでもしない限り、自分からあれこれ話すことはないし、身なりも物腰も、神職として育った者特有の、少し浮世離れした感じがする。

どんな風に仁志に仕えていたのだろう、と貴志は考える。

仁志を喪って、一刻も早くそのあとを追って、死んでも一緒にいたいのだろうか。

この大人しい背守は、本当に望んでここに居てくれているのだろうか。

死ぬよりましではないかと、自分のところに連れてきたことを正当化したが、由良が本当に望んでいるのは、慕っていた主である仁志のもとへ、行くことなのかもしれない。

触れたいという思いは自分だけのもので、どんなにあのとき同じ感覚を共有した気になっても、由良の気持ちが同じとは限らないのだ。

由良が心を開いてからも、努めて距離を置くようにしていた。

また無理強いをして傷つけることだけはすまいと思っていた。だが、少しずつ近づこうとしたそばから、食い違い、擦れ違っていく。一歩近づいただけで、由良は背守としての立場で自分を鎧《よろ》う。

還俗させても、由良は決して俗人としての意識を持たない。小野を主君筋として、家臣《かしん》の立場で仕えようとするのだ。

どうやったら、対等に向かい合えるのだろうか。

自分が小野の当主でいる以上、それは無理かもしれない…。

貴志は微かに眉をひそめる。

むしろもっと騒ぐかと思っていた一族のほうは、由良を強制的に還俗させたことに、そう大きく反応することはなかった。おそらく極秘にされたのだろう。仁志亡き後、直系男子は自分しかいない。暴挙を非難したところで自分しか頭領に据える者がいないのなら、評判を落とすような話は伏せておくにこしたことはない。

その代わり、背守を受けろという話は少しもなくならなかった。むしろ、一族への正式な顔合わせの前に、と矢のような催促《さいそく》になり始めている。

無論、由良を本宮に返して、という条件も含まれてのことだ。

「……？　何か？」

「いや」

由良に聞けば、こういった一族の事情を聞けるかもしれない。だがそれを貴志は敢えて避けた。由良からそれを聞くことは、由良を、背守という制度そのものを認めてしまう気がしたのだ。

理屈に合わない胡散臭い因習を、それで人の生き死にまで決めてしまうしきたりを承知することが嫌だった。何もかもを小野家の都合どおりにさせられてしまうことに、強く反発を感じる。

インターフォンが鳴る音がして、家政婦が受話器を取った。同時に貴志の携帯が鳴る。

電話の相手は門脇からだ。

『お休みの日に申し訳ございません。今、そちらに嵩叢の方々が向われておりまして……』

「なんだ、由良を戻せとかいう話か？」

名を呼ばれたことに、由良がビクリと肩をすくめた。

通話の向こうで、門脇の声が申し訳なさそうに響く。

『私はお止めできる立場にはないもので、すみません』

「今玄関に来てるのがそうか……お前は一緒じゃないんだな？」

『私は地下駐車場のほうにおります』

お前が連れてきたんじゃないか、という非難を貴志はしなかった。側近である門脇の立場は複雑で板挟みだ。むしろ直前とはいえ情報を寄越しただけで上出来と言える。

貴志は通話を切って由良を見た。何も言わず、黙ったまま貴志を見つめてくる由良の後ろから家政婦が遠慮がちに声をかける。

「あの……嵩叢の皆様がお見えですが」

「どうする。迎えが来たぞ」

「……私は」

由良は目を逸らし、俯《うつむ》いてしまう。

「会いたいなら会わせてやる」

由良の本心を知りたかった。迎えを前にしたら、やはり喜んで帰ってしまうのだろうか…。死んででも、仁志の傍に行きたいのだろうか。

「まだ、会うわけには……」

由良は首を横に振った。予想外の返答に少し驚く。てっきり帰りたがるのだと思っていた。だが、由良ははっきりと違う答えを口にした。

由良の出した答えに、貴志が心を決めたように立ち上がる。

「なら来い」

「……当代様?」

訝《いぶか》しげに顔を上げる由良の腕を摑んで、貴志は手を引いた。

「居間へ通して居留守を使え」

「なんでございますって？」

「俺の部屋に呼びに行ったらいなかった、という筋書きだ。後は放っておけば帰るだろう。上手くやってくれ」

「え、あ、あの？」

目を丸くする家政婦に言いつけ、由良を立ち上がらせる。

「しばらく出かける」

「当代様」

「こっちだ、来い」

貴志は闊達《かったつ》な笑みを浮かべて由良の腕を取ったまま一番玄関に近い由良の部屋に入った。

「と、当代様」

「静かにしろ」

囁くように指示すると由良は慌てて息を止めた。素直に従う由良を見て貴志は笑う。そっと身を潜めて客と入れ替わりに部屋を出るのは、まるで子供の悪戯《いたずら》のようでワクワクした。

やがて、おっかなびっくり指示に従った家政婦が玄関を開け、ざわざわと人の気配がする。

リビングに案内されて、客が全て部屋に入ったのを気配で確認してから、貴志がそっと部屋のドアを開けて由良の肩を抱えたまますると玄関へ抜けた。

音もさせずに玄関ホールから出ると、貴志が抱えていた背中を押すように走る。

「走れ！」

由良はついていくのに精一杯で、返事もできないようだった。

どさくさまぎれに触れた肩は、拒まれなかった。息を弾ませ、頬を紅潮させてついてくる由良が、可愛くてならない。

エレベーターホールまで走って、二人は地下駐車場へ辿《たど》り着いた。


貴志に摑まれた肩が熱かった。

走れ、と子供のように楽しそうに言う貴志を見上げるだけで、胸が詰まる。

追いかけても間に合わない自分を抱きこむようにしてエレベーターに乗せてくれた。

扉が閉まってふたりっきりになっても、まだ動悸《どうき》が止まらない。

「大丈夫か？」

胸を押さえて息をあげる由良に、貴志が気遣うように覗き込んでくる。

「大丈夫です。ドキドキして……こんな、嵩叢の方に逆らうなんて、初めてで」

「たいしたことはない。アポイントも無しで来るほうが悪いんだ。たまたま外出して居なかっただけで、逆らったわけじゃない」

「でも、このままではご本家にご迷惑が……」

貴志の言い分が詭弁《きべん》なのはお互いにわかることだ。だが、貴志はなんということもないという顔をして言った。

「文句なら俺にくるだろう。他の奴に言っても仕方ないからな」

「……すみません」

「俺はあの連中に最初から逆らってる。お前の比じゃないぞ」

貴志はそう言って笑った。向けられる強い笑みに、由良も思わずつられるように笑う。

貴志の笑みに、やわらかな気配が加わった。大きな手が、自分の頭を包むように撫でる。

「……？」

「やっと笑ったな」

「え？」

今までも、笑ったことはあったはずだ。だが貴志は自分を抱えたまま嬉しそうだった。

自分が笑うことを、貴志が喜んでくれている……。

胸の奥が微かに切なくなった。触れてくる手も寄せ合う肩も、温かくて泣きたくなる。

由良はそっと抱きしめられた胸に頬を寄せた。

まだ、もう少しだけ……。

貴志が背守を受けると言うまで、もう少しだけこうさせて欲しい。

いつまでもとは言わない。だから今だけは見逃して欲しい。

その代わり、必ず自分が説得する。おそらく背守受けを説得しに来たのであろう嵩叢の人々に、心中で詫びながら由良はそう願った。

地下駐車場では門脇がおり、車のキーを受け取ると二人はマンションをあとにした。

行き先もない、ただのドライブの間中、由良が膝に置いた手に貴志の手が重ねられて、由良はどうしていいかわからない高潮感を感じたまま、ただじっと隣にいた。

幸福な日曜の午後だった。

第二章　契誓

その日、貴志は門脇を通して取り寄せた小野家の家系図の写しに、目を落としていた。

子供の頃養子に出されてしまった自分には、業務以外に覚えなくてはならない基本事項が山ほどある。各家が抱える事業とその実態のデータ。関係縁者のプロフィール。各々の家との縁戚関係とそれらがもたらす経営上の利点、どんな事情で縁組したのか、その背景まで、一気にとはいかなくても、できるだけ早急に頭に叩き込んでおく必要があった。

財団にいるうちは表向きの業務のことを、家に帰ってからはそれら経営上の側面を支える部分を読み込み、判断材料を増やしていかなくてはならない。

それさえ待ちきれないように、業務外の決め事が門脇から奏上されてくる。貴志はそのたびにできるかぎり偏《かたよ》らない情報と助言を門脇に求め、決裁してきた。

やることは山のようにあり、ほんの少しの時間でも惜しい。だが貴志は資料を持ち込みはするものの、家ではできるだけリビングで過ごした。そこに来ると、いつの間にか静かに由良が控えている。ちらりと目をやると、由良は大人しくダイニングテーブルで持ってきた書物を開いていた。

不思議だった。由良が傍にいると、なぜか自分の中で急《せ》いでいた神経が収まっていくのだ。

別に何かしてくれるということでもないのに、由良が控えていてくれるとほっとした。それを自覚するたびに、どうしてなのだろうかと考える。

自分は、何故由良にだけ執着したのだろう。

小野に戻ってから、自分の言動が周囲に与える印象や影響を度外視したことはない。思い切った発言をするときも、反感や反発は考慮に入れてのことだ。だが、強姦《ごうかん》の上奪取してきた嵩叢での行動だけは例外だった。

小野家や嵩叢家から当主としての資質そのものを問われてもおかしくはない。家督を継ぐことに積極的なわけではないが、継ぐと決まった以上、それなりの品位は示していたつもりだった。

全てを捨ててでも、由良を手に入れようとしたのは、何故だろう。

あの背守が死ぬ。そう知ったときに血が逆流するような感覚になった。実際由良を目の前にしたときに、周りの何もかもが見えなくなった。

ずっと憶えていたわけではなかった。

忘れていたわけではないが、それは記憶の断片でしかなく、幼かった由良を好いたという認識はなかったし、その記憶は日常生活で思い出すことはなかった。だが背守受けを、と言われた瞬間に、鮮やかに由良の姿が脳裏に甦った。

長い長い時間をかけて、再び巡り合ったような感覚だった。

「……？　どうかなさいましたか？」

「…いや」

由良が自分を見ていた。貴志は視線を家系図に戻してから、いや、そうではなくて自分が由良を見ていたから、由良が視線に気付いて目を向けたのだ、と思いいたる。

最近はそんなことが多い。

どちらからということもなく、気付くと互いに互いの様子を見ている。視線がかち合って、なのにつむぎ出す言葉がなくて目を逸らす。

何が言いたいというわけではない。ただ、相手のことが気になる。でもかける言葉がなくて、結局は互いのしていることに意識を戻してしまう。貴志は家系図を辿りながら、無意識に由良に繋がる血統のあとを追っていた。

嵩叢とは、あまり交わらないのか……。

久秀の母親が嵩叢の系統だったが、その先はコピーが途切れている。貴志はふと顔をあげると、やはり由良と目が合い、貴志は由良を目で招いた。

「……?」

由良が素直に近づいてくる。

示すままにソファの反対端に座らせると、貴志はごろりとその膝を枕に寝転んだ。

「ちょっと膝を貸してくれ」

「……っ……あ、の」

「脚が痺《しび》れたらそう言え」

「……はい、あ、いえ、大丈夫です」

しどろもどろに返事をしながら、由良は困ったように顔を赤らめたまま、硬直していた。

ふたりでマンションを抜け出したあのときから、由良はこうした接触に怯えないようになってきた。頬を染めて恥じらう由良を、強引に従わせるのは少し気が引けたが、もう一方ではそうやって自分のわがままを聞こうとしてくれるのが嬉しい。

つい、わざと由良を困らせて、自分の言うことを聞いてくれるのを確認してしまう。

まるで、駄々をこねて親の愛情を量る子供みたいだ、と貴志は自嘲した。由良がこうしたことを恥ずかしがるのをわかっていて、わざと試している。

自分を拒まないでいて欲しい。オフィシャルな自分ではない、素の自分を受け入れてくれと要求しているのだ。それが、随分な我侭だというのは自分でもわかっている。

だが個人の、本当に体面を気にしない自由な感情を出せる相手は由良だけだった。財団では公的な、小野家の者たちの前では当主として、門脇にでさえ例外なく公人として接していなければならなかった。自分には、当主という立場を外れた振る舞いは許されないし、するつもりもない。それをしてしまったら、下の者はついてこないからだ。

だからだろうか、由良にはついてきて欲しいのではなく、同じ高さの場所で、一緒に居て欲しいと願っている。

そういえば、最初から由良にだけ我を通していたな……。

自分の感情をわかってくれと突きつけ、うわべだけで従わないで欲しいと、由良の本心からの感情を要求する。

兄のものだった由良に、殉じて逝こうと望んでいる背守を、どうして自分は追いかけてしまうのだろう。

「……お疲れでいらっしゃいますか？」

「いや」

由良の手が、そっといたわるように髪を撫でてくる。由良の瞳は、穏やかに見下ろしていた。

「家系図に関わることでしたら、少しは補足のご説明もできるかと思います」

貴志は今まで敢えて由良に聞くのを避けていた嵩叢のことを訊ねた。由良と居て心が安らぐと、不思議と些細《ささい》なこだわりが消えていく。

「……背守は、何を基準に選ばれるんだ？」

質問の意味がわからない、というように小首をかしげる由良に、さらに言葉を足す。

「もともと〝背守〟の意味は魔除けのたぐいだろう。嫡子の成人祈願のようなものかと思っていたんだが、違うのか？」

門脇からは、護符のようなものだと説明を受けた。確かに、仁志は子供の頃に由良を背守として受けている。

乳幼児死亡率の高かった昔に、主君の子供が無事成人するまで、厄除けや加持祈禱《かじきとう》を請け負ったのか、あるいは身代わりの厄受けとして選ばれるのが背守なのではないかと貴志は思っていた。

一族がかたくなに守り続ける伝統は、外部には決して公開されない。遠都川にはあるのだろうが、世間には記録も情報も一切なく、多少門脇から聞いてはいるものの、推測でしか話せない。

何故由良が背守に選ばれたのか。あの幼さで、自分から背守を志願したとはとても思えない。

だが由良は小さくかぶりを振って答えた。

「〝背守〟の意味は〝守護〟です。本当に護りが必要になるのは、当主として跡を継がれてから、〝当代様〟となられてからです」

「何を護るんだ？」

「御身《おんみ》を……」

静かに言う由良に、貴志はそれ以上追及しなかった。

由良たち、嵩叢や小野家の常識はまるで理解できない。彼等もまた、こちらが何を理解できないのかわかっていないだろう。彼等にとって当主に背守をつけることは当たり前で、それは何百年も経って、戦《いくさ》も疫病《えきびょう》もなくなった今になっても、必要なことだと思っているのだ。

そっと撫でる手が心地よく、目を閉じたまま貴志は由良の言葉を待つ。

「嵩叢で、〝血〟を引く子供が生まれると、その中で一番力のある者が〝背守〟として本宮にあげられます。そして小野家にお世継ぎがお生まれになって、背守受けにいらっしゃるのをお待ちします」

「なんの力だ？」

「当代様をお護りする力です」

「さっぱり意味がわからないな……」

そっと苦笑する気配がした。由良の膝は温かくて、貴志はまどろみかけている。

「目に見えぬものを説明するのは、とても難しいものです。ですが、いずれにしても小野家当主の無事をお守りするのが背守の役目。当代様の背守も、すでに本宮へ上がっております」

「戦国時代じゃないんだぞ」

「それでも、いつまでも平穏が続くとは限りません」

「特に何かが危険というわけではないんだろう。ただの形式なら、ここにはお前が居るんだからいい」

「……」

由良は何も言わず、ただ貴志の頭を撫でていた手で、そっと頬に触れてきた。

自分は仁志の背守……、その言葉を由良はもう言わなかった。貴志も敢えて触れずにいる。その先を言えば、互いに目の前に横たわる事実で相手を傷つけ合うことがわかっているからだ。

お前でいい……お前がいい……。

ただ自分の気持ちだけを伝えて、貴志は黙った。

すぐそこまで来ているリミットから目を逸らすように、由良も答えを出さなかった。

◆◆◆

穏やかに日々が過ぎていく。

あまりにも穏やか過ぎて怖い気がする。背守は受けないと言い張る貴志も、還俗などあり得ないはずの自分も、このままでいられるはずがない。なのに、事態は一向に進展しなかった。

貴志はためらわず由良を傍に寄せるようになった。由良はそれに幸福を感じるまま従う。

背守受けを、という説得は聞き入れてもらえないが、その話をしない限り、貴志は穏やかに自分を引き寄せてくれる。

一日、一日と時間がじりじりと過ぎていくことに申し訳なさを感じながら、一方でこの状況を壊したくないと望んでいる。

だが、嫌な予感が由良を焦《あせ》らせた。

何かがある……。

忘れてはいけないもの、禍《わざわい》の兆《きざ》しのようなものが頭の隅で警鐘《けいしょう》を鳴らしている。

その日の朝ふいにその感覚がした。

いつもどおり玄関まで見送り、貴志がドアを開けた瞬間、わけのわからない不安に駆られて、由良は衝動的に貴志のジャケットの裾を摑む。

「……なんだ?」

「いえ、あの……」

どう言葉にしたものかわからない。

だが、出て行こうとする貴志がまるで、自分から引き離されてしまうようで、摑んだ手を離せない。

「……あの、どうしても今日、お出かけにならなくてはなりませんか？」

泣きそう、というよりすでに涙が盛り上がった瞳を見て、貴志が笑う。

「当たり前だろう、おかしな奴だな」

見つめる瞳が優しくなって、由良の頰が貴志の大きな手に包まれた。

「どうした？」

「……いえ……」

上手く伝えられずに首をふると溢れた涙がこぼれて頰を伝った。この不安を上手く言葉にできそうになかった。頰に触れた手にそっと顔を傾け、見送りの言葉をかける。

「いってらっしゃいませ……お気をつけて」

すると貴志はドアの外に控えたままの門脇を呼び寄せた。

「お前は午後からでいい。少しついていてやれ」

「は……？」

「俺が会議に出ないとあれこれ邪推《じゃすい》する奴がいるからな、先に行ってる。お前は後からでもいい」

貴志は覇気のある笑みを浮かべると、ひとりで玄関を出て行った。

「いったいどうされたのです、由良様」

「……わからないのです」

身をこごめるようにして座り込む。たとえ「元」であっても背守がただの人ではないことを承知している門脇が不安げな目を向けてくる。

見えない何かを感じて、粟立《あわだ》つように身のうちが震えた。

何故こんな感覚がするのだろう……もう背守の力は失ったはずだ。

まさか……、力が〝遷って〟いない…………？

ふいに、見落としていた可能性を見つけ、由良は愕然とする。

背守は己の命を賭《と》して主君を護るのが務めだ。だから主君より背守が生き残ることは稀《まれ》で、ここ数百年で遷化の儀式を直接執り行ったものはいない。力が失せたかどうかなど、確認する方法はない。

由良は呆然と自分の手を見つめ続ける。

もしかすると、次の背守に力を遷すために、先代の背守は生きていてはいけないのかもしれない…。

「由良様……？」

「……あ」

門脇にその可能性を言おうとして振り仰ぎ、突如《とつじょ》迫り上がった感覚に声をあげた。

「由良様っ！」

「……あ……あ………」

その瞬間、パンッと弾けたように由良の周りが光った。黄金《きん》色のガラスが割れたように、鋭い何かが吹き飛んでいく。その中心で由良の身体も光に透けている。

「由良さまっ！」

体の奥深くで熱を放出するように〝力〟が弾けた。

「……っ！」

強く放たれた光は一瞬にして散じてしまい、由良の身体も元へと戻る。しかしまるでその名残でもあるかのように、由良の髪は黄金色に透けていた。瞳は琥珀《こはく》のように透けて煌《きら》めき、髪と共に光を滲ませて揺らめく。

「由良様、由良様……しっかり！　どうなさったのです」

体の力が抜け、倒れかかったところを門脇に受け止められる。

「あ……かど、脇様………」

何故………、〝力〟が消えていない。

次代の背守に渡したはずだった。そうでなくても人と交わった自分は、すでに還俗してただの人となったはずだ。

だが〝力〟ははっきりと示されている。人としての形成《なり》が歪《ゆが》んだのが何よりの証拠《しょうこ》だった。

自分が守るべき先代はもういない。だとしたらいったい自分は何をもって力を発したのか……。

……まさか。

「……当代様に、何か」

門脇が我に返ったように立ち上がった。

「私が行きます。由良様はここでお待ちください」

由良は声もなく頷き、貴志の身に何も起きていないことを祈りながら、走り出ていく門脇の背中を見送った。


「何の騒ぎだ」

由良のところに置いてきたはずの門脇が、息を荒らげて部屋へ駆け込んできて、貴志がドアのほうを振り返った。

本来ならとうに会議に入っている時間だった。いまごろ部屋にいたのはアクシデントのせいだ。

「……ご無事で。いや、それより会議では」

「迎えの車が故障していてな。危《あや》うく〝不慮の事故〟とやらになるところだった」

門脇が緊迫した表情のまま、肩の力が抜けたようにどっと息を吐いている。

敢えて口に出して訊ねなかったが、焦った門脇の顔を見た瞬間、胸騒ぎがした。由良の身に何かあったのかと思ったが、どうやらそうではないらしい。心配されているのはこちらのほうだ。

「お怪我は……」

「ない。暴発したらしい、車のボンネットが飛んだ。小心者の考えそうな手だな」

由良のことでないのなら、自分の事故などたいしたことではなかった。この程度の嫌がらせは怖気《おじけ》づくようなものではない。

「そうおっしゃるものではありません。ご自分の親族ではありませんか」

「……いちいちつきあっていたら命がいくつあっても足りん」

「だから〝背守〟が必要なのですよ、当代様」

ここぞとばかりに門脇が強調してくる。しかしそれには神経を逆撫でされるだけだった。

背守を受けるという話は、由良を嵩叢へ帰すという話とセットになっている。

とうてい呑める条件ではなかった。そもそも背守という制度自体、現代には何の用もなさない、形骸化した伝承のたぐいだと思っている。

「後生大事《ごしょうだいじ》に護ってもらわなくては会長の椅子にも座れないというのなら、こんな席は喜んでくれてやる」

「当代様」

「あのモウロクジジイどもをちゃんと呼んで来い。会議は予定どおり行う」

「……は」

誰が好き好んでこんな面倒な立場にいるものか、そう内心で毒づきながらも、実務を進めないわけにはいかない。貴志は嘆息《たんそく》してから会長としての顔に戻った。

マンションに取り残された由良は、興奮が収まるのを待って今の現象の原因を確かめる手だてはないかと探し始めた。本当に自分に〝力〟が残ってしまっているのなら、新しい背守はまだ力を持てていないということになる。

嵩叢に、電話で確かめれば……。

何度も躊躇って、由良はようやく受話器を手に取る。人生でまだいくども使ったことのない電話をかけるのは緊張した。

『由良様………』

「背守殿を……擢殿《かい》に替わってはいただけませんか。確かめなくてはならないことが……」

回線が繋がった途端、名乗りもせず逼迫《ひっぱく》したように話す由良に、通話の向こうの声は冷たく響いた。

『……お許しくださいませ。由良様はすでに人の子とおなりあそばされたのです。よもやお会わせするわけにはまいりません。それは由良様もご承知の筈……』

「わかっております。ですが、どうしても……」

理由を話すわけにはいかなかった。受け継いだ背守は自分に力がないとは口が裂けても言えないだろう。なんとしても秘密裏にそれを確認したかった。だが相手は還俗を盾《たて》に、取り付く島もない。

『どうぞ、ご容赦くださいませ……』

「あ、待っ……」

丁寧なだけで容赦のない声に、通話はあっさり切られた。

どうしたら……。

貴志はいまだ背守を受けていない。背守もまた力を継いでいないなら、貴志の命は丸裸のままというこことになる。

不安を握りしめて、由良は自分がどうするべきか考え込んだ。

◆◆◆

その夜、由良は貴志の帰りを待ちわびていた。

あれから、門脇からの連絡は何もない。自分の発した力と貴志の危険性に因果《いんが》関係があるのかどうかもわからないまま、じりじりと夜半まで待った。

貴志が戻ってきた気配に、玄関先までの短い距離を足が無意識に急ぐ。

「お帰りなさいませ」

「……お前」

「……？」

玄関で出迎えると、貴志は何も言わず手を伸ばしてきた。髪をひと房すくい上げられる。

「髪が伸びたのか？　前からこんな長さだったか？」

首をかしげ、由良は困ったように微笑《わら》ってどうにかごまかす。しばらくして透けた色は黒髪に戻ったものの、長さまでは気にしていなかった。

心中で苦く思う。

〝力〟だ。制御しないで使ったから…………。

気のせいでしょう、と濁すと、まだ納得いかない顔をしながらも貴志は自室に行った。貴志が部屋に入るのを見届けるとすぐ、由良は門脇に気がかりでならなかったことを確認した。

「当代様に何か……」

門脇が無言で頷く。

やはり……。

由良は眉をひそめた。もう先延ばしにしている場合ではないのだ。どんなに貴志を不快にさせたとしても、きちんと説得しなくてはいけない。

「当代様にお話しして、上洛のお許しをいただきます。ことによると今夜にでも……」

「それは無理です、由良様。あの方はこうと決めたらてこでも動きません」

もっともな意見だったが、躊躇している暇はなかった。ここでぐずぐずしていては貴志の命が危ない。

「当代様が動かれないなら、私だけでも……。とにかく、嵩叢に行って確かめないことには……」

由良は一緒に説得に当たると言い出した門脇を慌てて止める。

「ふたりがかりで説き伏せては、余計お聞き入れくださらないかもしれません」

貴志の命を護りたかった。たとえ自分が貴志の背守でなくても……。

「どうしてもお許しくださらなかった場合、明日、当代様が財団のほうにいらしている間に、こっそりここを出させていただきたいと思います。お手を煩わせてしまいますが、京までご手配願えますか？　私はどうやってここへ来たのかも覚束《おぼつか》ないので……」

「もちろんです。お迎えにあがります」

門脇もそれしかないと思ったらしく、力強く頷いて協力を約束してくれた。


由良は貴志の部屋を訪ねた。閉められた扉をノックする。

「入れ」

貴志の声に部屋に入ると、貴志はすでに着替えを終えて、書類を机に出していた。ちらりと自分のほうを見ると、書類を手にソファに腰掛けて仕事の続きを始めてしまう。

貴志はまだ何も知らないのだ。ただ小野家とその遺産を受け継いだとしか思っていない。

小野家の莫大な資産は決して世間に把握されることはない。

あらゆる産業に資本を伸ばしているというのに、小野一族にはひとつとして同じ名前の会社はなかった。

グループ企業という顔を持たない、霞網《かすみあみ》のように政財界に張られた網……。

気が付けば全ての資本が小野一族から出ているのに、傘下にある者がその全貌を知ることはない。

それこそが戦後の財閥解体を逃れた小野の強みだった。

そしてそれは財力だけではない。

その全ての要《かなめ》に、当主の存在がある。

由良は強い覇気を帯びた男の横顔を見た。男がゆっくりとふり向く。

「……どうした」

「……どうして、本宅へお戻りにならないのです？」

貴志は笑った。笑んでさえ、その瞳には強さが宿っている。

「あそこにはうるさいくらい人がいるからな。いまどきあんなに仰々しく人を置く家もあるまい」

「みな、代々小野家に仕えている者です。要らないと言われては立場がありません」

「俺はそういうのは好かないんだ」

ソファに座った貴志の前まで行くと、床にぺたりと座り込んで見あげる。

なんとか貴志を説得したかった。そのためには嵩叢の持つ、説明できない〝力〟を理解してもらわなくてはいけない。

ただ話しただけでは、信じてはもらえないだろう。一笑《いっしょう》に付《ふ》されてしまうのが目に見えている。

「……嵩叢も、私の生まれた家もそうでした。代々小野の当代様にお仕えする家です」

「時代錯誤だな……」

由良は首を振って否定する。

「当代様は、嵩叢の成り立ちをご存じないから……ぁ」

突然話を遮るように貴志の顔が近づき、唇を塞いだ。

とっさのことで、逃れる間もなかった。腕を摑まれ、頭の後ろを掌《てのひら》で押さえられて口づけが深くなる。熱く濡れた舌が口腔をまさぐるように侵入した。

舌を捉えられ、からめられてぞわりと腰が甘く疼《うず》く。

「ん……っ……」

何故……。

無理強いではない、甘やかすような仕草に由良は呼吸を上擦《うわず》らせながら戸惑った。

貴志が自分を抱いたのは、俗世に堕とすためだったはずだ。もうその必要がない今、貴志はなぜこんなふうに触れるのだろう。

そう思うのに、心のどこかが貴志が触れてくれることを喜んでいる。熱に浮かされるように理性を溶かしていきながら、由良は閉じ込めていた自分の感情を見つけた。

貴志の心が欲しい……。

由良は自分の過ぎた望みを心の奥に閉じ込めようとした。小野家の全てを統率するこの男の愛情を願うなど、分をわきまえないにもほどがある。

口づけが解かれ、まだ互いの息が肌に触れる程度の近さで、貴志が囁く。

「俺は下僕《げぼく》が欲しくてお前を連れてきたわけじゃない」

「当代様……」

「昼間、何があった？」

「え……」

貴志が支えた掌で頭を撫で、微笑むように見つめている。

「何もなければお前から部屋になど来ないだろう。何があったんだ？」

隠したつもりだったが、貴志にはお見通しだったのだ。自分を案じて穏やかに接してくれるのが切なかった。貴志は、自分のことよりこちらに何かあったのかと心配している。

胸が引き絞られるようだ。心を奮《ふる》い立たせた決心がどんどん鈍っていく。

「……何も」

問い詰めたところで白状しないと踏んだのか、見え透いた返事を、貴志は追及しない。

代わりに、首筋に顔を埋めるように貴志が頬を寄せてきた。

「門脇が血相を変えてオフィスに来たから心配だったんだが、お前が大丈夫だと言うならそれでいい」

当代様……。

もう涙をこらえることができなかった。触れ合った肌から、まるで互いの身体が溶け合ってしまったかのように、自分を案じる感情が流れ込んでくる。

こんなにも自分を想ってくれる貴志の手を、振り切ってしまわなくてはならないのだ。

「……っ……」

ぽたりと涙が貴志のシャツに落ちて小さく音を立てた。由良はそのまま寄りかかるように貴志の首元に頭を預けた。ずっとこうしていたかった。

自分の気持ちを全部言えたら、どんなに楽だろう。

このままここに居させて欲しい。貴方の傍で、ただ何の役にも立たないままで、それでも置いて欲しい……。

でも駄目なのだ、貴志の命を護るために、それは許されない。

「……お願いがございます」

「由良？」

「……上洛の、お許しを」

「なんだと？」

寄せ合っていた頬が離れ、貴志が由良の両肩を掴んだ。

「まだあんな場所に未練があるのか」

貴志の気配が鋭さを帯びてくるのを感じながら、由良は涙をこぼして言葉を継いだ。

「すぐ、戻ります……ですから」

貴志の眼が怒りを含んでいく。その言葉が嘘だというのは看破《みやぶ》られている。自分は一度嵩叢に帰ったら、もう二度とここには戻ってこない。貴志はそれを知っているのだ。

電気のようにビリッと貴志の怒気が刺さってくる。摑まれた腕は、骨に食い込みそうなほどギリギリと締め付けられ、由良は痛みに顔を歪めた。

「……そんなに仁志のあとを追いたいか」

「違い、ます……」

痛みをこらえながら由良は必死にそれを否定した。貴志が何に怒っているかわかる。貴志は、殉死が仁志への思慕《しぼ》だと思っている。

でも自分が死ぬのは仁志のためではない。貴志の背守に力を継がせるためだ。

「〝力〟が遷らないのです……ですから」

「今さら小野や嵩叢に何の義理立てがあるんだ！　お前は、俺が引き取ったんだ」

「私は、先代様の背守なのです……どうか…私のことはお捨てくださ……」

言い終わる前に、ダン、と床に押さえつけられた。頭上から貴志の声が降る。

「許さん……お前は俺のものだ」

「っあ…っ……」

必死で身を捩って逃れようとした。だが逃れたその背を捉えたまま、伸しかかるように貴志の身体が押さえ込む。由良は本能的に戦慄したが、もがけばもがくほど捕らえた獣《けもの》に牙《きば》を立てるように、その身体を押さえ込まれる。

「ああっ……！」

皮膚《ひふ》が赤く擦れるほど強引に白い単衣をはだけられた。ビクリと身体が硬直して、あの夜の恐怖感が甦る。

あの夜と同じだった。

また同じことが繰り返されるのだ……。由良はそう覚悟して涙で溢れた瞳をぎゅっと閉じた。貴志を怒らせたのは自分だ。貴志の憤りはもっともだと思う。貴志は嵩叢と衝突してまで助けたのに、まだ兄を慕って後追いをしようとしているようにしか映らないだろう。たとえ本当のことを説明しても、貴志は、自分のことであるが故にきっとそれを許さない。

どうやっても、自分の行動は貴志を苦しめる。だからどんな仕打ちでも従うしかないのだ。

床にぽたぽたと涙が落ちた。

「……」

後ろから自分を縛《いまし》めた腕が、強く抱きしめてきて、ふいに貴志の動きが止まった。

床に古い時計の秒針が響いている。まるで時間が止まったかのような静けさなのに、秒針がコツコツと音を立てて、やがて呻《うめ》くように背後から貴志の声がした。

「……どうしたら……お前は」

当代様……。

暴力に近いものを受けるのだと由良は思っていた。だが背中越しに貴志から受け取るのは、強い抱擁と、希求のような願いだった。

どうしたら、お前は俺の傍にいるんだ……そう言われた気がした。

貴志の怒りは、自分を失う悲しみに繋がっている。

背中を包まれるように抱きしめられて、いつのまにか震えが収まっていた。貴志の身体が、ゆっくりと離れていこうとしていた。

「……悪かった」

「当代様……」

「俺に従わなくていいんだ……お前はもう背守じゃない。自由の身なんだ。なぜ嵩叢の者であろうとする」

由良はほどかれる貴志の腕を、引き留めるようにぎゅっと摑んだ。

背中越しで顔は見えない。貴志がどんな表情をしているかわからなかった。

貴志は、自分が抵抗しないのは、仕える者として従ったからだと思ったのだろう。

でも義務感などではない。自分は、自分の気持ちに気付いてしまった。もうこの感情を隠しておくことは苦しくてできない。

自分からこうされることを望んだことに、羞恥で頬が熱くなる。でも、この手を離さないで欲しい……。

振り向けないまま、由良は貴志のシャツを握りしめて、無言でうなだれた。

明日には密かにここを出なくてはならないだろう。これが貴志と居られる最後の夜になる。

それが許されるのなら、今、貴志の腕の中に居たい。

「由良……」

「……」

自分の密かな願いを聞き入れてくれたかのように、貴志がもう一度ゆっくりと由良の体を包んだ。

脱がされてはだけた肩や腕、胸を掌が撫でていく。貴志が服を脱ぐ気配がして、ぴったりと密着した背中が、貴志の体温を伝えてきた。

人の肌は、なんて温かいのだろう……と由良は思う。込み上げてくる感情で、嗚咽《おえつ》をこらえながら由良はただ貴志の愛撫に身を任せた。小さな呼吸が甘く掠《かす》れて響く。

首筋に唇を這わせながら、貴志が問いかけてくる。

「誰のしがらみもなく、ただの人として、お前はここに居ることを選べないのか？」

「……っ…ぁ」

腰骨を辿るように、その下へ貴志の指が這った。背をしならせながら、由良は貴志の声を聞いた。

「嫌か？」

「……ん…っ…」

由良は返事もできずに首を横に振った。自分の口から漏れる吐息が部屋に響く。膝で立たされたまま、貴志の手が体の中心へ忍び込んでくる。痛いほど張りつめた場所を探られ、ビクビクと腰が動く。疼いて悶える場所を強く、弱く握られて、何も考えられないほどの快感に襲われた。

「は……あ…あ……っ」

耳朶を熱い吐息で嬲《なぶ》られ、音を立てて肌を吸われて、じんと疼いて性器が雫《しずく》を滴らせる。貴志の掌がそれを包み込んだまま強く上下させて、由良は目を見開いて息を詰まらせた。

「ア……ッ……!」

どくん、と大きく鼓動が波打って、仰け反るように放つ。膝から崩れ落ちるように力が抜けて、貴志がその体を掬うように抱きかかえてくれた。

「お前はここに居ればいいんだ、もう嵩叢のことなんか考えるな」

呼吸を荒らげながら、由良は振り向かずにこくりと頷いた。

貴志が掌で受け止めたもので、ゆっくりほぐすように奥の狭間を指で探る。

吐精で緩んだ身体が指を受け入れて、由良は喘いだ。耳元で何度も自分を呼ぶ貴志の声がした。

由良、と低く呼ばれるたびに、心に疼痛《とうつう》が生まれる。

ごめんなさい……許して、と小さな子供のように心の中で繰り返した。

嘘をついた。

傍に居られるはずがない。こんな風に触れ合えるのは、今この時しかない。貴志の目を見たら、きっとこの嘘はつき通せないだろう。何度も頷きながら、由良はぼろぼろと涙をこぼして抱かれた。熱い楔が身体を貫く。内臓を抉《えぐ》るように深々と挿《い》れられ、衝き上げてくる愉悦に声をあげながら、由良は泣き続ける。

嘘をつき続けなくてはいけない。貴志が大事だからこそ、こんなに求められているのに、振り向いて答えることができない。貴志を欺《あざむ》いたままの交わりに、快感と愛情と悲しみがぐちゃぐちゃに入り混じった。

貴志からは激しい牡《オス》の欲求と同時に、体中に注ぎ込まれるように、愛情が流れ込んでいた。

「は……っ……あ、あ、あっ」

薄い胸を脇の下から抱え込まれ、蠢《うごめ》く腰と同時に指が小さな突起を掠めていく。そうされるたびに下腹部がぎゅんと何度も熱を持った。はしたないほど反応して、体液が太腿を伝い落ちて流れる。

「ああっ、あ……っ…んっ」

「由良……………由良……」

荒い息遣いが首筋にかかり、名を呼ばれ、こらえきれずに声を漏らす。決して向き合おうとしない由良を自分のところに留めておこうとするかのように、貴志は何度も由良を求めた。その熱を受け入れ続け、いつ終わったのかもわからないまま、由良は意識を手放した。

深夜――

由良はふとあたたかな感触に意識を取り戻した。身体は慣れない交わりのせいで、鉛《なまり》のように重くて目も開けられない。

意識だけでその触感を辿る。

抱き上げられているらしかった。胸に抱えられて、スプリングの効いたベッドへ抱いた腕ごと深く沈む。

自分を労るように回された手が、そっと頬や額をなぞっていく……。

当代様………。

貴志の手だと、見なくてもわかった。

抱かれている間、何度もあった感覚だった。どんなに力で無理強いされても、時折シンクロするように流れてくる波動は、いつも自分を求め続けている、その波に泣きたくなるほど胸が痛くなった。

どうしてなのだろう、と由良は思う。

初めて会ったはずの主の弟に、なぜこんなにも惹かれてしまうのか。

荒ぶる時の気配は怖い。でもほんの少し触れ合うだけで、幸福感が募ってくる。こうして傍に居るだけで、嬉しくて、切なくて泣きたいほどだ。

身体はまだ半分眠ったままで、目が覚めていても動けない。

そのとき低い囁きが閉じたまぶたの上から響いて、苦悩するような声が聞こえた。

「どこまでも……手に入れられるのは、身体だけなのか？」

濡れた唇のやわらかな感触が眉間のあたりにして、由良は思わず声をあげ、目を開いてしまった。

「ぁあ………」

まるでそこから熱く蕩《とろ》けて脳へ落ちていくようだった。酔わされたように身体の力が抜けていく。

「由良……」

目を開けた由良は、互いの息が触れるほど近づいた貴志を見た。

甘い疼《うず》きが心臓を摑みあげた。

貴志も艶を帯びたような瞳で由良を見ている。視線で絡み合うようにして、ふたりは言葉もなく見つめ合った。

こらえられなくなって由良は目を閉じた。

貴志の抱きしめる腕を感じて、由良はまた意識を途切らせた。


目を閉じた由良を抱いて、貴志は闇の中でじっとしていた。

自分のものだ、と、とっさに口をついて出た。

由良は仁志の背守……そう自分に言い聞かせていたつもりが、全く諦めきれていない。嵩叢の因習など、どうでもよかった。とっさに激したのは、由良が離れていってしまう、そのことだけだった。

やはり仁志の後を追ってしまうのか……そんな感情が湧き上がって我を忘れて逆上してしまった。どんなに心を通わせたつもりになっても、仁志の影は抜けない。

血の繋がった兄に対抗心を持ったことはなかった。だが、兄の背守だと言い張る由良に、どうにもならない独占欲を募らせる。

自分だけのものにしたい。

由良を自分の背守にできれば、全ては収まる。だが掛け違えた釦《ボタン》のように、ひとつずつがずれていて、由良はそれを戻そうとして死を選ぼうとする。

だが、由良が死んだところで、自分は他の背守を受ける気などない。

由良が背守であろうと、ただの人間であろうと構わないのだ。ただ由良以外の誰も欲しくはない。

二度と越えるまいと思っていた一線を越えかけて踏み留まったとき、由良の手が自分を摑んでくれた。由良が何に泣いていたのかわかってやることはできなかったが、震える手で握りしめてきたあの愛情に、偽りはないと感じている。

どんな方法で言質《げんち》を取っても、無理に抱いても、手に入れられるのは身体だけだ。きっと由良はまだ仁志の背守であることをやめない。

どうしたら由良をここに留めておけるだろう。いっそ閉じ込めて、逃げられないようにしてしまえばいいだろうか……。

「莫迦な考えだな……」

貴志は腕の中で昏々《こんこん》と眠る由良を抱きしめた。

閉じ込めたところで、心は手に入れられるわけではない。

ならば、こうして見つめ合うだけで、どうにもならないほど心が溶け合うのは何故なのだろう。

「由良……」

抑えられない愛情を注ぎ込むように、眠ったままの由良に貴志が口づけた。

◆◆◆

由良は燦燦《さんさん》とふりそそぐ日差しがまぶしくて目を覚ました。

部屋の中には、すでに人の気配はない。

それに少し寂しさが込み上げたが、それ以上に心の中で急き立てるものがある。

起き上がろうとすると、身体がまるで自分のものではないように感じた。

「……っ……」

……だめだ、ちからが入らない。

どうにかベッドから降りて、壁伝いに寄りかかるようにしてそろそろと進んだが、足に力が入らなくて、思うように歩くことができない。

意識を手放すまで受け入れ続けた身体は、足腰が立たない、という表現がぴったりなほど下半身が鉛のように重い。

そんな身体とは裏腹に急き立てるように胸中に不安が広がる。

まさか、当代様に何か……。

「……あっ！」

足がもつれ、廊下に出たところで崩れるようにうずくまった。だが不安はすでにピークに達していた。ただの予感ではない、まだ失われていない背守の力が膨れ上がっていく。

どうしても貴志のところに行かなければならない。貴志の身に、何かが起きているはずだ。

「誰か！ ……！」

叫んだ声に反応するように、玄関から音がした。声とともに門脇が駈け寄ってくる。

「由良様！」

「あ……門脇様。……お願いです、どうか私を当代様のところへ」

「京へ行かれるのでは……由良様」

昨夜の約束どおり迎えに来た門脇は、廊下に倒れていた由良の姿に驚いて、慌てて助け起こす。

「上洛している時間はありません。お願いです、どうかすぐに当代様のもとへ……。当代様に危険が」

わかりました、と門脇は緊迫した面持ちで頷き、細身の由良を抱きかかえて車に乗せた。

「他家で育てられた当代様に、分家の皆様方が納得されていないのです」

「……」

本社へ向かう車の中で、門脇が運転しながら事態を説明してくれる。

「ご自身の背守を受けられていたなら、こうまで反対はなかったでしょう。だが会長は背守を退《しりぞ》けられた。……つまり、今ならお命を奪うのも簡単だと、一族ではそう判断される方がいるのです」

やはり、と由良は自分の心配が的中したことに眉をひそめた。小野家当主の寝首を掻くなら、背守を受けていない今が絶好のチャンスなのだ。

「……実際に、危険なことがあったのですね？」

門脇は前を向いたまま、頷きで肯定する。

「特にお従弟の保科様は、今回は強硬手段も辞さないご様子で……」

どんなに説明しても貴志は納得しなかった、と門脇は言う。ヤクザでもあるまいに、跡目争いで流血沙汰など……と軽くあしらわれてしまうのだ、と。

「あの方は背守のお力を見てはいらっしゃいませんから……あればかりは、見たものでないと納得はできないでしょう」

「当代様は、ことのほかそういったことをお嫌いになるようですね……」

だが、そんなことを言っていられるような状況ではない。

車は財団ビルの地下駐車場へとすべるように入っていく。車が停められ、門脇に抱えられるようにして、どうにか専用エレベーターに乗り込んだ。

己の身が、ヒトならざるものの気配に変わっていくのを感じた。由良の目に何かがよぎった。

（危な……い……）

「由良様？」

エレベーターが最上階に着くより前に、由良の黒髪はすでに黄金色に透け始めていた。琥珀色に光り始めた瞳が、見えるはずのない邪気《じゃき》のような何かを捉えて、はるか向こうを凝視する。

（ドイテ…………）

「……ゆ……由良様」

つい今まで、助け手なしでは歩くことも覚束なかった由良の身体は、しっかりと床を踏みしめている。門脇はそれに驚いて、手を差し出しかけて止まっていたが、由良はもうそれに構わなかった。

案内さえ必要がなかった。由良の本能が貴志の居る場所を示し、まっすぐに会長室へ向かった。

来客がソファに着席していた。貴志がその席に座ろうとする直前に、爆破のような音がして、会長室の扉が吹き飛ぶように開いた。入り口を見ると、金色の光に透けた髪をなびかせた由良の姿がある。

由良……。

一瞬自分の目を疑った。姿形の変化だけではない。普段穏やかな由良の貌は表情を持たず、まるで違う生き物のような気配をしている。来客も自分もその異相に魅入られたように動けなかったが、微かに来客の気配が変わって、貴志はそれに鋭く目をやった。

来客の一人がスッと抜いた右手に、刃先が閃《きらめ》いている。狙いを定めるような視線の先に由良がいて、貴志は思わず叫んだ。

「由良っ」

叫んだのとほぼ同時だった。自分と由良との距離はかなりあったはずなのに、次に目にしたときはまるで瞬間的に移動したように傍らにいた。貴志ごと光が包み、眩しさに一瞬目を眇めると、バリバリというガラスが粉々に砕け散る激しい音がした。

ビルの窓から室内のガラスの戸棚まで、劈《つんざ》くような音と一緒にひび割れる。

会長室の窓の上のほうは、銃弾が突き抜けた痕を残して、蜘蛛《くも》の巣《す》のように亀裂《きれつ》が走っていた。

銃弾は、二人を包んだ光のようなものが粉砕《ふんさい》した。

光がやむのと同時に、貴志は刃物の動きを感じて由良を庇った。由良を抱き込むのが精一杯で、銃弾とは逆方向、由良の背を狙って投げられた小柄《こつか》そのものを避けるには間に合わなかった。

肩に突き刺さった小柄に、もっとも驚愕していたのは投げた当人だ。

「当代様！」

叫んだ男を貴志が睨みつけた。

その場にいた全員が蒼白だ。明らかに意図していなかった状況に狼狽している。

由良は銃弾を四散させるのに力を使い果たしたのか、光を放出したまま意識を失って、貴志の腕の中でぐったりと首を反らせたままだ。

がばっと男たちが床に平伏《へいふく》した。畏れ多くも主君に刃《やいば》を向ける格好になったことに、ただ恐縮《きょうしゅく》している。

「お許しを……当代様に向けるつもりは」

「どうあってもこれを始末したいのか」

ひれ伏しながらも、最年長の男は懸命な顔で説得してきた。

「先代様の背守がいらっしゃるままでは、当代様の背守に力が遷らないのです。このままでは当代様は背守をお受けになれないまま……」

一応スーツは着ているものの、本宮から来た人間に間違いはなかった。

当主を説得できない東京の側近に業を煮やして、直訴《じきそ》に出たのだろう。

「先代の仁志様も、まだ二十代の若さで亡くなられました。ここ数年は、そうでなくても不穏な動きが続いております。このまま背守を厭われましては、当代様のお命も……」

聞く気はなかった。彼等の言うようにそれが自分の命に及ぶ危険だとしても、本当に背守に何か特殊な力が備わっているとしても、由良を嵩叢の手に渡すつもりはない。

貴志は黙らせるために男たちを睥睨《へいげい》した。威圧されたように宮司たちは口を閉ざす。

「お前の主は誰だ？」

「……も、もちろん当代様でございます」

「ならば俺の決めたことに逆らうな」

貴志は腕の中で意識を失ったままの由良を抱きかかえた。白い単衣の袖と、肩から流れ落ちた黄金色の髪がかかえられたまま揺れる。

「背守ならこれで十分だ」

「ですが、由良様は…………」

「これは俺が還俗させた徒人だ。これより先、こいつの身柄は小野が管理する。これに手をかけるものは、俺に仇《あだ》なす者とみなす」

「当代様……」

「心しておけ」

「……は」

有無を言わせない力を佩《は》いて言う。由良を抱きかかえたまま部屋を出て行く当主に、誰もが平伏したきり、追うことはできなかった。

光の尾を曳くように、長く伸びた黄金色の髪が揺れた。

◆◆◆

門脇の、どうしてもという説得で、由良を抱いた貴志は御殿山の本宅へと向かった。

門脇が運転しながら話す。

「由良様のお目が醒めるまでは危険です。相手が何処《どこ》に潜《ひそ》んでいるとも限りませんから、せめて警備の者がいる本宅へお越しください。あそこなら主治医も詰めておりますからお怪我の手当てもできます」

「いまどき、家内に医者を抱えてるところなどないぞ」

貴志は呆れたように言ったが、門脇が言葉を選びながら続けた。

「……小野の家は、代々朝廷に陰からお仕え申し上げてきました。財力しかり、隠密《おんみつ》としての情報操作しかり、刺客《しかく》として闇の力の始末まで……そしてその最たるものが調伏《ちょうふく》です」

「……まじないみたいなものか？」

門脇が頷く。

「言葉ではどうとも言えます。見たままとしましては、由良様のご様子をご覧になりましたでしょう」

「だとしてもそれは俺にあるわけじゃない。背守にあるんだろう？」

腕の中ではまだ由良が意識を失ったままだ。まるで別人のように黄金色だった髪は、長さが戻らないだけでいつの間にか黒髪に戻っている。

「由良様のご生家……嵩叢家は、その昔小野家にその姓を賜《たまわ》って嵩叢と名乗りました。その頃から、その力をもって主君にお仕えする家なのです。つまり……」

門脇がバックミラーで主君の姿を確認しながら言う。

「背守を使いこなすことが、小野家当代様のお力でもあります」

ときに主君を守る力でもあり、闇を調伏する力でもあり、刺客ともなりうる力。

「……かつての背守は恐るべき力を持っていたと聞きます。無論、近代に至ってその力を政治的に利用することはありません。ですが、まだ実際にこの力は必要不可欠なのですよ」

「二十一世紀の今になってもか？」

ありえない話だ、と貴志は門脇を見返した。だが補佐役を務めるこの男は大真面目な顔をしている。

「科学が全てを明解にするとされた環境でお育ちになっておられるのです。無理もありません」

人がヒトのクローンを作り、百万分の一ミリ、ナノと呼ばれる微細な世界まで語れる世の中になった。それでも人類が知っていることは、まだほんのわずかだ。

「こんなに科学が発達しても、我われはまだ血液ひとつ完全には作り出すこともできない」

貴志は苦笑した。

「……まあな、風邪《かぜ》さえ治せないのは本当だ」

門脇は由良の姿を見せたことで充分と踏んでいるのか、それ以上踏み込んだことは言わなかった。

「後は、ご自分の目でご判断ください。おいおい、おわかりになられることと思います。背守受けの件も、由良様がお傍においでのうちはそう心配要らないようですし」

「……」

貴志は腕に抱いた由良を見つめた。まだ眠ったままの由良は、いつもの穏やかな顔で、とても門脇が言うような力を秘めているようには見えない。

見たこともない姿、黄金色に光った由良……。

驚きはしたが、たとえ実は化け物だったのだと言われても、由良への気持ちは変わらない気がした。

ただ頭の中では、一族が〝背守〟にこだわった理由を理解している。

由良の発した力は確かに常識では考えられない。今までのように、無意味な因習とは片付けられないだろう。

そんな由良を自分のところに置いておくことは一族とも衝突する。政治的な視点で判断するなら、当主としては手放したほうが賢明だ。我を通すには、由良はリスクの大き過ぎる存在だった。

それでも、自分は由良を求めてしまう。

願わくは、少しでも由良が自分の気持ちに近づいてくれればいい……。

貴志も門脇も沈黙したまま、車は本宅へと着いた。

◆◆◆

御殿山の本宅は、敷地五千坪の邸だった。塀《へい》で囲まれた広大な敷地に築百年の母屋《おもや》を始めとした、いく棟もの建物がある。明治《めいじ》以降、武家屋敷が次々と敷地を割っていく中、小野の邸宅はまるで禁地のように何故か守られ、現在でもその規模を削ってはいない。

母屋から、築山《つきやま》と人工池を挟んだ向こうに離れがある。回り廊下を走らせた離れの和室に、由良が寝かされていた。

「様子はどうだ」

「当代様……」

初老の家宅医が、枕元で貴志のほうに手を突いて礼を取っている。

「お怪我は掠り傷です。背守の君《きみ》でいらっしゃるのですから、私の手などは要りません。それより、当代様のお怪我のほうが……」

「俺のはいい。必要があればまた呼ぶ。ご苦労だった」

医師は深く礼をして部屋を辞した。去っていく廊下の向こうに、常緑樹で整えられた庭が見える。

ふたりきりになると、貴志が立ち上がって障子《しょうじ》を閉め、その景色を遮ってしまった。その前から意識を取り戻していた由良は、手をついて半身を起こした。

「まだ寝ていろ、顔色が悪いぞ」

「いえ……」

由良は表情を曇らせながら起き上がる。思い詰めたような視線で貴志を追った。

確かめなくては……。

「どうした？」

不審そうな顔で近づいてくる貴志に、由良は向き直って正座した。

もしかしたら、この方は……。

意識を取り戻してから思い当たったことに、不安と動揺を隠せなかった。自分は、根本的なことを間違えているかもしれないのだ。

契誓をしていない貴志のために、背守ではない自分が力を発するはずがない。そして貴志は仁志と一卵性の双子なのだ。

もし、何かの間違いで自分が契誓をかわしたのが仁志でなかったとしたら……。

確かめるための、もうひとつの方法がある。

由良はそれで見極めるために、貴志の肩に恐る恐る手を伸ばす。

「……私などを庇って、お怪我をなさるなど」

「たいしたことではない」

「いえ……！」

由良は頭を振った。申し訳なさで表情が歪む。力は確かに発したが、貴志の怪我は自分のせいだ。

これでは守ったはずが、逆に貴志に迷惑をかけている。貴志の手が、自責に駆られた自分をなだめるかのように髪に触れたが、由良はその手を逃れて向き合い、少し言いにくそうに切り出した。

「傷を……お召し物をお取りください……」

由良は頰が熱くなるのを感じながら言ったが、それが羞恥だけではないのをわかってくれたのか、貴志が言われたままにネクタイを外し、肩をはだけた。

包帯の巻かれた肩を、由良がほどいていく。貴志は不思議そうな表情をしていたが、何も言わない。

由良は、傷口を見つめ、覚悟したように目を閉じてその傷を舐《な》めた。

紅い舌で、貴志の肌と傷口の間を這わせる。

「おい……何を……」

意表をつかれたような顔で、貴志が由良を止めた。だが由良はその傷からわずかに唇を離し、見上げて答えた。

「先代の背守が、こうして主君の傷を治癒《ちゆ》したのを見たことがあって……」

貴志が肩口に目をやって驚いている。つい先ほどまで肉が見えるほどだった刺し傷は、すでに皮膚が繋がれ、切痕が薄く盛り上がっていた。

「お前……」

由良は行為の結果が示した事実に眉をひそめた。

やはり、この方は……。

自らの主以外、その傷を癒すことなどできない。何故そうなっているのかわからなかった。だが間違いなくこの兆候《しるし》は貴志を自らの主君と認めている。

観念したように目を閉じてから、由良は貴志に訊ねた。

「……当代様は、以前から私のことをご存じでいらしたとか」

「ああ、子供の頃に見た。お前は憶えていないか」

「憶えております……」

だが、それは仁志であったはずなのだ。由良は震える声で問いただした。

「どこで私をご覧になったのです？」

「だから、本宮へ仁志と一緒に行ったときに」

「もう少し詳しくお話しくださいませんか」

「なぜだ？」

納得がいかない顔の貴志に、由良は噛んで含めるように説明した。

「次代様というのは、本来お一人しかお越しにはならないのです。次に当主になられる『次代様』が決まったら、その方が背守を受けに本宮にいらっしゃる……たとえ双子のお子様でも同じはず」

「俺は一緒に連れて行かれたぞ。お前も見た」

由良はそれを否定するようにかぶりを振った。

「背守は人にまみえません。主君となる方と契誓を拝したら、その方が当代様となられるまで、決して宮を出ないのです。当代様にお会いするはずがない……」

貴志にはそれ以前のことが驚きだったようで、あっけにとられたような顔をしている。

「……じゃあお前は学校にも通わず、あんな土蔵みたいなところで何年も暮らしていたのか？」

由良は頷いた。背守は世間そのものからも隔離《かくり》して育てられる。それは貴志のように一般社会で生きてきた人間には、想像もつかないだろう。

「……馬鹿な」

「それが、きまりですから……」

「義務教育だぞ……」

「そもそも、戸籍《こせき》がございません」

「なんだって……」

「……出生《しゅっしょう》届けを出しませんから」

世界のどこよりもしっかりしていると言われる日本の戸籍制度を、一族で端《はな》から無視していることが驚きなのだろう。その言葉に貴志がありえない、という表情をしている。

「当代様も、もう私の姿をご覧になったからおわかりでしょう。背守は人の分をわずかに超えたもの……その本性は獣性《けものしょう》なのです」

「人間じゃないと言うつもりか？」

「もちろん、ヒトの血を受けて生まれてきます。ただ、ヒトとしての形がしっかりしていないのです。

時折その形を崩して力を暴発させてしまう」

形成《なり》を保てなくなると姿が歪み、それが黄金色に変じて見えたりする。

「遠い昔、主となった小野様が、それに形を与えて縛ってくださいました。型をつくり、その中に収めてもらうことで、私たちの魂《たましい》は安定したのです」

けもの、と言ったとき貴志の目が自分の口元に注がれたような気がした。由良もふいに貴志の肌を舐めた舌の感触が甦って、話しながら頬を紅潮させる。

「その恩に報いて、私たちは子々孫々まで小野の血脈に仕えると誓いました。その見返りに、私たちは主の名を賜ったのです」

「……」

「たかむら、と」

貴志の眼差しは真摯《しんし》だった。空想や夢想の世界ではない、現実の話として聞こうとしてくれている。

「小野の当主は代々、この型にはめた力をコントロールすることで使役してきました」

「じゃあ、お前の家系は使われるだけじゃないか」

由良はそれを否定する。

「誰かが束ねてくださらないと、私たちの魂は安定しません。だから背守として必ず一人の主を決めて、その方に仕えるのです」

ヒトの血を介して薄まっていく力の中で、それでも主君の束ねがなければ収まらないほどの力を持つものが生まれてくることがある。

それが背守になり、小野当代となるものが、その主となった。

「私は、仁志様にお仕えしたはずでした。でも、先代様をお守りできなかったというのに、この力は失《う》せず、当代様に制御されている……」

「俺は何もしてないぞ」

由良の目は必死になっていく。全ての鍵《かぎ》は、貴志の記憶にあるはずなのだ。

「教えてください、兄君が背守受けにいらしたとき、何処で私の姿をご覧になりました？」

由良の懇願に、貴志が記憶を辿るように答え始めた。

「離れに、俺と仁志のふたりで置いておかれたんだ。その後仁志はひとりで行かなくてはいけないから、と言い含められて、それまでの間ふたりではしゃいでいた。……子供だったからな」

初めて訪れた大きな社《やしろ》と古い家屋敷が珍しくて、じっとしていられず、兄と探検ごっこをしていたのだと貴志が話した。

「待たされた部屋をどうしてか抜け出して、子供にとっては随分広い屋敷だったから興味を持ったんだろうな。あちこち部屋を覗いて歩いてたら、お前がいた。三方の壁がない能舞台みたい場所で、きちんと正座して……。紫色の袴と着物で、珍しかったからちゃんと憶えていたんだ」

ああ……。

由良はその説明に目を瞑った。では、やはりそうだったのだ。自分が契誓を拝したのは、兄の仁志ではなく、貴志自身だ。

「私は……なんということを……」

「由良……」

由良は目を閉じたままはらはらと涙をこぼした。何もかもが、初めから間違っていたのだ。

滂沱《ぼうだ》する由良に、貴志が問いかけた。

「どういうことなんだ……」

「……その場所は……当代様がご覧になった場所は、斎殿です」

「……」

「本来は、そこに次代様が案内されて、私が生涯お仕えすることを誓うはずでした。ですが、私は先に現れた当代様に、ご契誓申し上げてしまったのです……」

「そんなはずはない、俺は何もした記憶がないぞ……」

由良は涙をこぼした。何をすれば契誓、というものではない。

「手を、取りました」

「それだけか？　それだけで……」

「誰でも、というわけではないのです。背守は自分の力を制御《コントロール》できるほどの主を見つけると、自然に感応してしまうのです」

だから契誓した主君が当代となって自分を束ねる日まで、余人《よじん》にまみえることなく宮に籠《こも》るのだと貴志に説明する。

「私は、仁志様にお目にかかるより前に、当代様に拝謁《はいえつ》してしまったのです……」

「あれで……」

こくりと由良が頷いた。

「確かに、お前が両手で俺の手を握ってきたのは憶えてる」

自分も憶えていた。ただ嬉しかったのだ。差し伸べられた貴志の手が嬉しくて、吸い寄せられるようにその手を取った。なんだか幸せで、その後の背守受けの儀式そのものは、はっきりした記憶がない。大人たちからは、ただ子供らしくぐずっていたと聞かされている。

あの姿にそこまで深い意味があったとは、今まで思ってもみなかった、と貴志が驚いた顔のまま言った。由良は自分の懺悔を自白するように言う。

「私は、あのときの当代様を、仁志様だとばかり思っておりました……」

「……では、俺はいままで背守を受けていたのか……？」

こくりと由良が頷いた。

「先代様を死なせただけではありません。私は最初から、先代様をお守りすらしていなかったことになります……」

だから、あれほど年若くして仁志は死んだのだ、と由良は初めて納得できた。

主の危機に、まるで自分の力は反応しなかった。

ある日、突然仁志の訃報が知らされた。思い返せば絶命の前後に、不安で落ち着かない気持ちはあったが、〝力〟は発揮されることなく、背守のほうが無事だったことは、本宮内でも随分取り沙汰された。いたたまれない、針のむしろのようだった。自分の命に代えてでも主君を守るのが役目の背守が、わけがわからないまま取り残されたのだ。

何故自分は背守としての役目を果たせなかったのか、もしかしたら自分は、背守として力がないのではないかと悩んだ。自分でも理解できなかった謎はこれだったのだ。契誓を拝した貴志の危機は、どんなに離れていてもちゃんと感じ取れた……。

「お前は、俺の背守なんだな……」

思い詰めた顔になった由良に、貴志が頭をかかえるように抱きしめてきた。癒すような貴志の手に抗《あらが》えないまま頭を預けたが、それでも心からこの事態を喜ぶことはできない。

このこじれた真実を、本宮に報告しなくてはいけない。それでも、自分が背守として戻ることは、きっとできない。

「私は一刻も早く本宮に戻らなくては……。一度還俗した身ですから、処遇も含めて早く嵩叢の者たちに詮議《せんぎ》させなくてはなりません……」

人の子として堕ちた自分を、宮に戻すはずはない。だがまだ貴志には伏せておいたほうがいいだろう。本当のことを言えば、また貴志は自分を庇って本宮と諍《いさか》いを起こしてしまう。

だが貴志が言いかけた由良の顎を取り、言葉を遮る。

「なぜ戻る必要がある……」

「……背守の務めが……………」

いつの間にか背中に腕が回って、半身を抱き寄せられている。

「俺の背守だと言ったな」

「……は、い」

「ならば主として命じる、上洛は許さん。どうしても背守でいたいなら、傍にいて仕えるがいい」

「当代様……」

がっしりとかかえられた腕に、由良は動きを封じ込められていた。見上げるしかできないまま、なんとか翻意《ほんい》させようと口を開きかける。

だがそれより早く貴志が言う。

「俺は今でも誰かに守ってもらう気はない。だが、それでお前の気がすむなら、背守として努めを果たせばいい。ただし、条件が二つある。まずは俺の傍で暮らすこと。後はその気色の悪い呼び方をやめろ、誰を差してるんだかわからない」

「……」

「ちゃんと名前で呼べ」

「そのような……」

「言えないなら傍には置かない」

名を呼ぶなど畏れ多いことだとは思ったが、貴志の顔を見る限りどうやら本気でそう言っているらしかった。傍に置いて欲しい一心で、由良はさんざん迷ってから呼び方を変えた。

名を口にするだけで、頬が火照《ほて》ってくる。

「貴志様……っ！……」

返事の代わりに頭をくるんだ貴志の手に強く引き寄せられた。

唇が重ねられ、吐息を混ぜ合わせるように唇が開かれて、互いに顔を傾けて求め合う。気配も口調も強い覇気を持っているのに、貴志の触れる唇は、溶けていきそうなほど優しい。

まるでそれ自体が誓いを交わしているような気がして、由良は甘い口づけに溺《おぼ》れた。貴志がからめとった腕の中でそれを堪能《たんのう》している。

「俺は古臭いしきたりなどやる気はないし、信用していない」

貴志の眸《ひとみ》が強く力を帯びている。

「生涯仕えると、身体で誓え」

「た……か、しさま……」

由良は目を見開いた。かち合った視線が絡んで、目が離せない。

この方のお傍を、離れられない……。

その命に背くことはできなかった。ひと目見たときからずっと魂を縛っていた主。

もう二度と、自分は本宮に戻ることはないだろう。一族は存在すら認めてくれないかもしれない。

それでも貴志には、背守として傍に置いて欲しい。

「……お誓い申し上げます」

由良は震える声で誓う。

由良の伏せたまぶたに唇が触れた。涙を吸い上げるようにして唇がやわらかく愛撫していく。耳たぶに軽く歯を立てられて、貴志の声がした。

「どうする？　ここでいいか？　部屋に戻るか？」

「……え？」

由良は声を上擦らせた。

「お前が俺の背守なら、どこでも安全なんだろう。抱くのに都合がいいのはマンションなんだがな」

身体で、という意味をようやく理解した由良が、今さらな羞恥で体を震わす。

「貴志さ……ま」

「どっちがいい？」

そう言いながら、貴志が由良の喉もとへと顔を埋めてきた。首すじに這わされた唇に、由良の喉が仰け反る。

「っ……は、ぁ……あ……」

「ここでいいんだな」

「ち……が……んっ……ん」

はだけられた胸から、足の付け根のほうまで一気に撫であげられて、由良は身体をしならせた。袴がほどかれ、ただの単衣しか纏っていない分、褄《つま》を割って簡単に貴志の手が忍び込んでくる。

そのまま、敷かれた夜具に押し倒されていった。貴志の身体の重みが由良の身体を圧迫していく。

「……ぁ……………あ……」

開いた口に、濡れた音を立てて舌が挿し込まれる。頬の内側を舐め回す、蠢く舌の感触に、由良の身体はビクリと反応した。

「ん……ふ、んっ……んぁ」

上がる呼吸が全て甘く吐息になっていった。愛撫に身体をしならせるたびに、それはより貴志の身体に押し付けられていく。

いったいどうやって脱がされているのかもわからないのに、気づくと貴志もその服を剝いで、互いの肌が密着している。

脳が蕩けそうだった。肌と肌が合わさるだけで、ダイレクトに貴志と感応する。

抱かれるたびになぜこんなにもシンクロしてしまうのだろうと思っていた。主として、気づいていなくても、ちゃんと身体は知っていたのだ。

この魂は貴志に縛られている。

「あ……貴志……さ、ま……」

「由良……」

貴志の手が下腹に這って、たらたらと液をこぼすものを握り込まれた。

「あ……」

由良は声を詰まらせる。

「いや……んっ……ぁんっ！」

逃れようとしても、貴志が愉しむかのように握った指先でクチュクチュと先端をなぞって煽る。

由良は恥ずかしさに悶えた。だが込みあげてくる快感を放出したくて、羞恥が掻き消されていく。

カクカクと脚が震えた。

「ん……んっ」

「こらえるな」

呼吸が甘く鼻に抜け、泣きそうな声をあげてしまう。

指の腹が擦れていく感覚に、耐えられなくなって、とくとくと滴らせた。握られたまま、身体が仰け反っていく。

「はぁ……あッ」

「ふ……」

貴志が目を眇めながら眉根を寄せて苦笑していた。感応《シンクロ》するのは背守側だけではないらしかった。

まるで自分が放ったかのような気がするのだろう、貴志の脈が速くなっているのがわかる。

「厄介なんだな……背守を抱くのは……」

「……た……かし様……ぁ……」

黒髪を梳《す》くように、ゆっくりと夜具に寝かされた、貴志がその身体で割り込むように膝を開かせる。

「は……んっ……」

あてがわれたものの熱さに、由良の脚はびくりと揺れる。

「辛いようなら言え。加減してやる」

由良は目を潤ませたまま頷いた。

すでに由良は貴志の感覚に感応《シンクロ》している。

貴志の欲望、ドクドクと脈打ち、由良の中を掻き回してぐちゃぐちゃにしていく感覚が伝わってしまう。

挿れられる前から繰り返し突き動かす感触を受けて、受け入れる軀が焦れて疼いた。

貴志が熱い息を吐いている。貴志の愉悦を共有しながら中を擦りあげられていくのは、耐えられないほど強烈だった。

貫かれ、揺らされながら由良は背をしならせる。

「う……あ……は……ぁ」

「由良……」

「貴……志さ、ま……」

貴志の手が、くるむように頬を両手で包んだ。

貴志の腰の動きが激しさを増していく。由良は唇を開き、喉を反らせて喘がせながら、どうにもならないほど感じる愉悦に腰を浮かせてしまう。

「ぅ……う、あ……あ、んぁっ、んっ」

突き抜けていく喜悦が自分の感覚なのか、相手の感覚なのかもわからないほど溶け合っていった。

低い喘ぎが由良の耳元でする。貴志の、男特有の低い吐息に、由良の背に痺れたように快感が伝わる。

「はぁ……ぁ……ぁっ」

「……っ！」

熱い息を吐いて、ふたりは重なったまま同時に終わった。由良は主の身体を探すように、貴志の背に手を伸ばした。

ふたりは互いを守るように抱きしめた。


由良を腕の中に閉じ込めたまま貴志は言った。由良の乱れた黒髪を梳くように弄ぶ。

「お前のほうがよほど守りが必要なんじゃないのか？」

主君の護り、と言われても、由良の姿を見ると今ひとつピンとこなかった。姿だけではない。繊細な睫毛に縁どられた大きな瞳も、紅《べに》を刷《は》いたような形のよい唇も、無理をさせると壊れてしまいそうなほど脆《もろ》い印象を受ける。だが由良はあくまでも守る側に立つ気でいるのだ。

「……武技でお守りするわけではありませんから」

「何を言ってる、自分が狙われたのも避けられなかったくせに……」

「……あれは」

由良が申し訳なさそうな顔をして視線を伏せる。主の危機なら本能でわかるが、自分のことはまったくわからないということか。

貴志はうつむいたままの由良の顔を手であげさせた。気丈な決心は感心するが、由良にそんな真似をさせる気はなかった。

傷つけたくなかった。由良にはただ、傍らにいて穏やかな微笑みを見せてもらえればいい。

「お前になど護ってもらわなくても、俺は死なないぞ」

「……貴志様」

やっと手に入れたのだ。誰のものでもない、自分と誓いを交わした、ただ一人の相手。

貴志は包むような眼差しを向けたまま、由良の感触を確認するように唇を吸い上げた。

感情が波のように互いに伝わる。

俺が守ってやる……。

言葉もないまま、黒髪の背守がそれに答えて胸もとに顔を埋めてきた。

契誓は拝された。

第三章　孤立

傷害事件から半月ほど経って、由良も貴志も日常生活を取り戻した。

その日、いつもは貴志に対して一歩引いた立場を取る門脇が、リビングで食い下がるように説得していた。門脇に険しい視線を投げる貴志の後ろで、由良は不安気に控えている。

「何度も言わせるな。由良は出さないし、背守も受ける気はない」

「会長！」

問題になっているのは来週開かれる一族の披露目《ひろめ》だった。貴志がひとりで出ると言い張り、門脇がそれを翻意させようとしている。

「せめて由良様をご一緒にお連れするだけでも……」

「殺そうとした連中の前に出してどうする」

「……しかし、当代様が背守無しというのは」

貴志が溜息をついている。由良はただ控えているしかなかったが、目の前でもう何度か同じ押し問答が繰り返されていた。

門脇は妥協策のように、形だけ別な背守を立てることまで提案したが、貴志は『背守を連れて披露目に出る』ということそのものを拒んでいる。貴志はわからずやではない。無意味な拒絶ではないはず……そこまでは由良にもわかったが、肝心の真意は、自分が訊ねても教えてはもらえなかった。

「背守がお飾りではないのはわかった。だがこの現代でなんの役に立つ？　無用なしきたりを守ることに意味があるのか？」

「当代様……」

「遺伝上の何かが常人と異なっていたとしても、背守もヒトであることには変わりない。今さら何を負わせるんだ。俺はこいつに何もさせる気はない」

「貴志様」

由良は遠慮がちに口を挟む。自分のことを取り沙汰されているだけにいたたまれなかったが、門脇の立場も説明してやらねばならない。

「背守無しの当主では、一族の心がついてきません。お一人でご出座《しゅつざ》となれば、どれだけ皆様が驚かれることか」

「ではお前は行くつもりか？」

由良は困ったように視線を下げた。

「皆様は、私を先代様の背守と思っていらっしゃいます。私が後ろで控えていても意味はありません」

実は貴志の背守だったのだと説明したところで、一族には理解できない。

背守と当主の結びつきは、当人同士にしかわからない。否、当人同士でさえ自分たちのようにわからなかったりするのだ。ましてやその力を〝視る〟ことができない者に、真贋《しんかん》などわかるはずもない。

自分は仁志の背守として仕えた。背守は生涯にひとりの主にしか仕えない。だから二君に仕えることは一族の常識としてあり得ないし、まして還俗という例のない形で背守を降りた自分が、再び一族の前に出ることなどできるはずがなかった。

貴志が嘆息して由良を見る。

「――結局、新しい背守を受けろということだろう。話が振り出しに戻るわけだな」

由良には返事ができなかった。形式ではなく、本当の背守を受けるなら自分が背守を降りて、次の背守に力を遷さなくてはならない。が、死を選ぶことを貴志は許さない。何より、自分が貴志の傍を離れることができなくなっていた。

貴志も門脇も沈黙している。結論はいつもここで煮詰まった。

貴志には小野一族がそこまで当主にカリスマ性を求める理由が理解できないのだろう、と由良は思った。隠密や調伏を引き受けていた大昔ならいざ知らず、何故この現代で血の結束である一族にこだわるのか、納得できないのだ。

「形式だけの背守でもお嫌ですか」

「そこまでして人心を結束させて、それで小野一族は何がしたいんだ？」

「……」

「……」

問いかけられて由良は門脇に助けを求めるように視線を投げた。今ここで、具体的に言えるような事象はない。

「……いつか来る〝危機〟に備えて、としか申し上げようが」

「では〝その時〟に受けることにする」

「当代様」

「とにかく明日は予定通りひとりで出る。こいつは東京へ置いていく」

「当代様！」

追いすがった門脇を振り切り、貴志は自室に入ってしまった。

黙って一礼して引き上げる門脇にかける言葉がなくて、由良も黙って頭を下げてそれを見送った。


この先もまだ揉めるだろうな……。

貴志は部屋に入ると低く溜息をついた。門脇の説得も由良の心配も、わからないわけではない。だが最初が肝心なのだ。長年続いたしきたりを破るなら、就任時の今しかない。

どの世界でも、慣例を破る者には反発がある。まして一族の中だけで続いてきた秘事とも言うべき慣習を壊そうというのだ。反発は並大抵ではないだろう。

それでも、今やらなければ由良は永遠に遠都川に戻れなくなる、と貴志は思った。

一族の中で育ってきた由良が帰るべき場所から弾き出されているのが、自分のことのように嫌だった。ましてや自分は一族の長だ。連れて帰れないのでは、上洛のたびに由良を東京に置いていくことになる。

今でも嵩叢では由良の還俗を認めていない。自分が宣言した手前、返せという要求はなくなったが、暗殺という穏やかではない手段に打って出るほどなのだ。〝小野〟や〝嵩叢〟の考え方が常識外に凝《こ》り固まったままなのは見えている。

そうまでして先代の背守を殺そうとする必要性は、貴志にはわからなかった。単なる民俗学的な風習くらいしか、想像できない。

一種の穢れ祓いのようなもので、儀式としてしか意味がないのではないかと貴志は思う。

だいたい、誰と契誓したかもわからなかったくせに……。

そうでなくても嵩叢のシステムはまるでわからなかった。折に触れて由良にたずねるものの、断片的に説明される内容は常識を疑いたくなるような話で、とても鵜《う》呑《の》みにはできない。

たとえ超常現象のような力を持つ生き物であっても、今、小野を運営していく上でそれは必要ない。むしろその力は社会に知られたら好奇の目に晒される。

ただ当主の威厳を保つためだけに背守が用意され、その遺伝子が守られているとするのなら、背守という形式に意味はない。

悪《あ》しき慣習なら、自分の代で断ち切りたかった。ただ形式のために基本的な人権すら与えられない、由良のような子供を、この先一族から出したくない。どんな血を受け継いでいても、ほかの一族と同じように、人として当たり前の生き方をさせるべきだと考えている。

ふと貴志は忍び笑いを漏らした。ご大層な名目を掲げているが、自分の真意がもっと単純なものだというのも、自分でわかっていた。

何よりも、由良の喜ぶ顔が見たいのだ。

生まれ育った場所に自由に行き来できて、誰の顔色を窺うこともなく伸びやかに暮らすことができたら、由良はもっと幸せだろう。

本当の動機はこれだけだ。さすがに由良に問われても、この理由は言えなかった。

だがいずれにしても旧習を守る人々との衝突を覚悟の上で、はっきり自分の代から小野のしきたりを変えていく気で、由良の同行を蹴った。だがそれを由良や門脇に説明しても、まだ彼等にも呑み込めないだろう。

時間のかかる、孤立した作業になる、と貴志は思った。

それでも、いつか由良がちゃんと一族の前に出られるように、下地を作っておくつもりで、貴志は再び上洛した。

◆◆◆

奈良――

披露目の日は梅雨《つゆ》に入っていて、山間は落ちてきそうなほど厚い雲が覆っている。小雨に肌寒いほどの気温の中で、小野本家の広い奥座敷に百人近い人々が控えていた。皆小野家か嵩叢家、分家のいずれかの家長だった。

小野本家は、嵩叢本宮からは数キロ離れた場所にあった。唐門《からもん》に辿り着くまで延々と続く屋根のある白い築地壁《ついじかべ》は、その昔、公家出身の者にしか許されなかった様式で、かつての小野家の権勢を窺わせる。

母屋では、続きの間も襖を取り払われ、広縁《ひろえん》まで人が座れるように、障子も全て外されている。よく手入れされた庭の樹木は、しとしとと降る小ぬか雨に、幹を黒々と湿らせていた。

貴志は奥座敷のさらに後ろにある部屋で、披露目が始まるまで控えている。

側近の門脇は、披露目の座に上がれる身分ではないので、控えの間に詰めたまま主を見送る。貴志は最後まで背守を付けることを拒み続け、由良を東京に残してきたまま一人で披露目に出ることになった。控えの間には二人しかいない。

廊下側の襖が開き、先触れが手を突いて深々と頭を下げた。

「当代様、お時間でございます」

「……」

貴志は黙って立ち上がり、門脇も無言で頭を下げて見送った。

奥座敷に先導されると老人の声が出座を触れた。上座《かみざ》に進み出ると、座した者全ての視線が自分に注がれる。人々の表情が驚きを帯びて、ざわっと場が揺れた。

現れた貴志の姿が仁志と瓜二つなこと、わかっていてもその若さに息を呑み、そしてその後ろに誰も続かず、ひとりで着座したことに戸惑う視線が走った。

ザッと平伏する人々の間に、水面に広がる波紋のように静かな動揺が広がる。

背守がいない……。

背守がいない……。

貴志は頭を下げたままの一堂を見渡した。小虫の羽音ように耳障りな囁きが、聞き取れるはずがないのに耳に響いてくるようだった。誰もが同じことに揺れている。

背守の不在は、それほど不安か……。

水を打ったような静けさの中で、老人がしきたりどおりの文言《もんごん》を詠《よ》み上げる。

人々の表情が、声にならない困惑を告げていた。

背守を持たない小野家当代。一族のしきたりを継がない当主を前に、判断しかねている。

この長《おさ》に、ついていってよいのか…。

上座から見下ろしながら、貴志は平伏した人々の不安を肌で感じた。

小野を継ぐと了承した。引き受けた以上、一族を統率するのは自分の責任であり、彼等を従わせるのは義務でもある。だが表向きの事業を整えるだけでは、一族の者は当主たる自分に心服《しんぷく》することはできないのだ。小野当主の象徴として、背守の存在が不可欠であることを、貴志は改めて思い知った。

それが実生活にどれだけ必要なのかは別として、彼等は心のよりどころとして、自分に当主に相応《ふさわ》しいカリスマ性を求めている。背守は、小野家当代の力を象徴する存在なのだ。

同時に、自らの足元に横たわる深い溝の存在に気付いた。

一族の長として君臨しても、この中には、自分と存在を分かち合う者がいない……。

米国で暮らした生活の中で感じる疎外感は、自分が東洋人だからだと思っていた。

誰といても抱く違和感も、祖国に帰れば無くなるものかと、そう深く悩まずにいた。それは日本に戻っても埋まることはなかった。

息が詰まりそうなほど因習深い小野家に戻る気になったのは、そこが自分にとって〝帰るべき場所〟なのかと思ったからだ。だがこうして一族と対面しても、遠く隔てられた違和感は抜けない。

どこにいても自分は異邦人なのだ。

貴志はただ黙って披露目が進むのに任せた。

財団の運営をすることはできるだろう。進むべき方向がわかっていれば、指揮を執ることはそう難しいことではない。少なくとも経営上のことで、今後の見通しに迷いはない。

だが一族の望み……背守を受け、その血を営々と繋いでいくことに、自分の中で納得がいかない。

ふいに老人の声が耳に飛び込んできて、貴志は意識を進行に戻した。

「では当代様、お言葉を」

「……」

貴志は座したまま、しきたりにのっとった口上を述べた。

何ひとつ共鳴のない儀式が終了した。


披露目が終わると、門脇が貴志に奈良市内へ戻ることを提案してきた。

「ホテルをご用意いたしました。今日はもう遅い時間ですから、東京へは明日お戻りいただければと思います」

「……わかった」

てっきり小野本宅に泊まれと説得されるのだと思っていた貴志は、奇妙な気持ちで門脇の提案に従った。どのみち、ここにいてもあまり気持ちが安らぐ気がしない。

絹雨が窓ガラスに水滴の筋をつける。貴志はそれを眺めながら、ホテルに着いた。

すでに時刻は夜半にさしかかっていたが、フロントはあらかじめ連絡を受けていたらしく、責任者が丁寧に頭を下げて歩み寄ってきた。

「お待ちしておりました。お部屋をご用意してあります」

「では会長、私の部屋は新館のほうに取らせていただきましたので、明日の朝お迎えに上がります」

「わかった。ご苦労だった」

明治末期に、関西の迎賓館《げいひんかん》として建てられたというこのホテルは、重厚な和洋折衷《せっちゅう》の造りだった。

格天井にペルシャ絨毯の敷き詰められた貴賓室へ通されると、従業員はすぐに身を引いてドアを閉めた。

部屋にはセピア色の明かりが灯されていて、何故か人の気配がする。ベッドルームの続き間に、テーブルとソファがしつらえてあり、訝《いぶか》しげに部屋の奥へ視線をやると、由良がソファから立ち上がって自分のほうへ来ていた。予想もしていなかったことに、単純に驚く。

「貴志様……」

「……由良」

なぜここに、という疑問より、由良の黒い瞳が心配そうに自分を見ていて、シンクロしたように自分を案じる感情が流れ込んできた。

「申し訳ございません。勝手に上洛いたしました。お叱りは覚悟の上です」

「……」

誰の手助けがあったかも想像がついた。部屋に着くまで黙っていたのも、門脇なりの気遣いだと貴志は思った。

だが同時に苛立ちも覚えた。確かめるように近づいて由良の腕を摑むと、由良の体はなんの抵抗もなくそれに添う。

やはり、と貴志は思う。由良は体を差し出す気でいるのだ。何もかも先回りして、囲い込まれるような事態に苛立ちが募る。

門脇はわかっていたのだ。背守無しで披露目に出れば、当然一族はあのように困惑する。自分が一族の拒絶を目の当たりにして、多少なりとも精神的にダメージを受けると読んで、その慰めに上洛させてまで由良を用意した。勝手に推測されて丁寧にお膳立《ぜんだ》てされるこの状況が腹立たしい。門脇の読みどおりだっただけに、苛立ちも尚更だった。

怒りの矛先《ほこさき》が由良に向かってしまう。

「これも門脇の入れ知恵か？」

「え？」

どこへも当たりようのない感情を、貴志は由良にぶつけた。

「貴志……様」

摑んだ手が、由良の身体を引き寄せた。もう一方の手が腰を抱き、貴志のほうに倒れ込むように包まれた。

腰から背中へ辿る掌の感触に、無意識に背がしなる。

肩を、髪を、頭を抱き寄せられ、摑まれるようにして顔を傾けさせられた。

重ねた唇が傾いて、食《は》むように強く吸い上げる。

抗うことを許さないように頭をもう片方の手で抱えられ、肉厚な舌が挿し込まれる。

舌が口腔を掻き回し、由良に濡れた声をあげさせた。

「ん……ん……ぁ…」

手巻いた黒髪が引っ張られ、由良は頭を仰け反らせる。喉のほうまで挿し入れられた舌で、喘ぐ声がくぐもった。喉の奥を突き犯される苦痛に、由良は眉根を寄せて涙を滲ませた。むせて咳き込むと、貴志が唇を離した。

荒くなった呼吸を整えようとする由良に、貴志の声が低く響いた。

「なぜ逆らわない」

「……貴…志様」

「主の伽《とぎ》まで努めるのが背守か？」

「違……っ」

苦しげに咳き込みながら由良が首を振った。だが貴志の声は低く、微かに苛立ちのようなものを含めている。

「違い……ます」

「ではなぜだ」

「……」

「俺が寝ろと言えば寝るのか。お前の意思はどこにある」

「貴志様……っ」

「……」

「……」

由良は貴志を見た。

どう言えば、この主に伝わるだろう。こうされるとわかっていて上洛を願い出たのは自分のほうなのだ。

抱かれると確信していたわけではない。だが腕を取られた時、その先のことを薄々自分は予感した。

それでも自分は逃げなかった。

まだ肌を合わせることに躊躇いと恐怖感がある。それでも、この部屋にひとりで入ってきた貴志を抱きしめたいという衝動に駆られたのを、どう伝えればいいのだろう。

由良は目を閉じた。微かに震えたまま、貴志の胸に触れ、貴志の胸に顔を埋めるように身体を預けた。囁く声が震える。

「私がそう望みました……どうぞ、今日はお傍に置いてください」

「……」

添い伏しを願う羞恥より、貴志への思慕が胸を満たした。

どうしたらこの主の孤独を埋めることができるのだろう。

誰も貴志のいる場所に辿り着けないのだ。常人の手が届かぬ高みにつける力の代わりに、誰も貴志と同じ場所に行くことができない。

当主であるが故の孤独を分かち合えるのは、背守だけだ。

由良は門脇の言葉に、誘惑されそうな自分を知った。自分が貴志の背守だと公言できたら、貴志のこの孤独を救うことができるだろうか。

できるはずがない、と由良はもう一度自分に言い聞かせる。

いくら自分が背守としての力を失っていないと言ったところで、人の子となった自分を、一族は背守と認めないだろう。だが人に降りたことで、こうして肌を合わせることができるのなら、それは背守の力と引き換えにしてもいいような気がした。

貴志の手が、もう一度艶やかな黒髪を梳いた。

一時は怒りに任せて由良を抱き寄せたのに、結局ただ抱きしめただけで、それ以上何もしなかった。小刻みに震えていた肩をそっと抱き込むと、やがて由良が少しずつこわばった身体を解いていく。腕の中で安心したように身を委ねられたその重みを感じて貴志の心は満たされた。

腹立ち紛れに由良に当たった。それでも由良は懸命に受け入れようとする。

自分の読み違いで受けたショックだ、本来誰に当たってよいものでもない。門脇なりの配慮も、怒る筋合いのものではなかった。

激した感情が収まると、理不尽に当たられた由良に、すまないと思った。

「……?」

気まずさに声をかけかねて、弄ぶように由良の髪を梳いていると、不思議そうに黒い瞳が見上げてくる。その目に、すっとこだわりなく言葉が出た。

「……悪かった」

「……?」

こんな台詞を口にするのはきまりが悪かったが、由良は理由もなく当たられたのだ、ちゃんと謝るべきだ。

「……お前に当たり散らしたことだ」

意外そうな顔をした後、由良が嬉しそうにクスクスと笑った。

「何が可笑しい」

「いえ……なんでも……」

至近距離で、たわいない睦言《むつごと》のような会話に、貴志は自分で口にして自分で照れた。由良に笑われると余計そう感じる。

膨れたようにそっぽを向くと、由良がじゃれたように腕と胸の間に顔を擦りつけてくる。こそばゆいような、じれったいような、ふわふわした感覚がした。

「……何をやってるんだ」

「すみません……」

由良が肩をすくめた。だが目が微笑っている。

「寝付けないのか?」

「いえ……一緒に眠るのは、なんだか不思議な気がして」

貴志もそれはわかる気がした。胸もとで由良の息遣いがするのが、心地よいのにそわそわする。

由良の嬉しそうな顔に、貴志も笑みを浮かべてからかうように言う。

「子守唄でも歌ってやろうか」

由良が声を忍ばせて笑った。濡れたような瞳がセピア色の明かりを映して煌めいている。

眠ってしまうまで、手を握っていてもいいですか……由良が遠慮がちにそう言って、そっと指を握りしめてきた。貴志は穏やかに微笑んで、その手と身体を抱きしめたまま二人で眠りに落ちた。

◆◆◆

夜明け前、貴志はふと目を覚ました。

腕の中で小さな子供のように丸まって眠る由良に思わず微笑む。

ただの恋愛だったら、これで充分愛情を確認し合い、丸く収まるだろう。だが自分たちはそれでは許されない。

これはいっとき、無理に作った二人の居場所だ。自分は小野を統率する者として、この先も一族の視線は免《まぬが》れない、いわば衆人環視《しゅうじんかんし》の立場だ。由良が自分の傍にいるためには、まず一族に存在を認めてもらわなくてはならない。

由良が自分の背守だと証明できなければ、二人とも一緒にいることはできない。だが背守でいる、ということは、由良が嵩叢の因習に従うことでもある。

嵩叢の、背守に対する扱いはそういいものではない、と貴志は評価していた。聖別という体裁を取っているから、表向きかしずいているものの、実際の扱いは人間外だ。主に仕える〝生き物〟だから大切に扱うだけで、代替が利く非個人的な扱いをされている、と貴志は思った。

由良も、つまりその程度にしか扱われない。

自分がいくら言い張ったところで、背守として認めたら認めたで由良は嵩叢へ帰され、結局あの本宮に閉じ込められる。そこで何があっても、自分には手出しができない。それでは由良を守ることにならなかった。

由良を手元に置きたい、だが嵩叢にも認めさせたい。

この矛盾する状況を、どうやって打破していこうか……。

考え込んでいると由良が目を覚ました。一瞬きょとんとした顔をして貴志を見上げ、自分がどこにいるのか思い出したように顔を赤らめる。

貴志は目元を和ませて言う。

「まだ朝になってない、寝ていろ」

「……はい」

赤面したままこくりと頷く由良を、貴志は笑いながら腕に閉じ込めた。

客室の内線が鳴った。

由良が起き上がって受話器を取る。静かな部屋で、通話の内容は貴志にも聞こえた。フロントが早朝であることを詫びてから来客を伝えている。

『火急のこととおっしゃられまして、今フロントにいらしてるのですが、お部屋にご案内してもよろしいでしょうか』

「……どなたでしょう」

『嵩叢本宮の宮司様とお申し出ですが』

「……!」

受話器を握りしめたまま、由良がベッドにいる貴志のほうを振り返った。

「追い返せ」

「……」

宮司の意図など見え透いている。貴志は苛立ってそう命じた。訪問時間がどうこうということではない。明らかに由良がいること前提で訪ねてきたのだ。由良に会わせる気はなかった。

由良は戸惑いながらも仕方なく頷いて断りを入れようとした。だがフロントから受話器を奪い取ったらしい宮司の声が電話口から響いた。

『耀が〝固喰威《こくい》〟にやられた。由良、聞こえるか、お前の助けが要る。由良』

「固喰威……」

ビクリと由良の手が動いた。受話器を強く握りしめ、由良の指先が白くなっていく。貴志の視線を無視して由良が答えた。

「……特別室におります。どうぞお越しください」

「由良」

由良が貴志のほうを振り返る。由良の表情が蒼白になっていた。

「お支度下さい。宮司様をお通ししなくてはなりません。〝固喰威〟が出たのです」

「なんだ、それは？」

由良が顔をこわばらせて言った。言いながら貴志の服を用意している。

「詳しいことは宮司様がお話しなさいます。固喰威とあれば、当代様も事情をお聞きにならなくてはなりません」

「……」

由良も手早く身なりを整え、空気を入れ換えるように窓を開けた。

曇天《どんてん》に微かな明るさが加わり始め、空はゆっくりと明けかけていた。

宮司は丸テーブルに貴志と由良と、向かい合わすように座った。

「非礼は重々《じゅうじゅう》承知しております」

「殺そうとした相手に助けてくれとは虫のいい話だな」

「それも、平にご容赦ください……」

深々と頭を下げている宮司に、由良は問いかける。

「櫂殿は、今どのように？　這入《はい》られたのなら…」

宮司が眉間に深い皺を作って答えた。

「もう駄目だ。殻を破られた」

「……！」

殻を破られる、つまりその身を固喰威に喰い破られ、櫂が死んだということに、由良は口元を手で押さえて悲鳴を飲み込んだ。宮司が怪訝《けげん》そうな顔をしている貴志にわかるように説明した。

「〝固喰威〟は、怨霊《おんりょう》や魔のようなあやかしではありません。魔の眷属《けんぞく》ではありますが、彼等は生き物なのです。我々人間を苗床《なえどこ》にして成長し、宿主《やどぬし》を喰い破って増え続ける」

櫂の体を苗床にした固喰威は、中で成長を続けて宿主を喰い殺したのだ。抜け殻はまるで蟬《せみ》か何かのように固くひび割れた姿になる。

「我々……小野一族はこの〝固喰威〟討伐《とうばつ》を本懐《ほんかい》とする一族です。朝廷は長く固喰威を討伐できる小野家を重用《ちょうよう》してきましたが、本質は逆でした。固喰威は権力欲の強い人間を宿主にしたがる。朝廷に潜伏していたほうが〝固喰威〟を討伐しやすいから、小野家のほうが帝《みかど》に近づいたのです」

貴志が不審を隠さないまま宮司を見ていた。

「何を言っているのかがさっぱりわからない。その憑依霊《ひょういれい》みたいなものが、「居る」と本気で信じているのか？」

「当代様、絵空事ではないのです。固喰威は餌《えさ》がなければ依《よ》り代《しろ》に閉じ込められたまま化石のように動きませんが、ひとたび人間に這入《はい》ったら、あっという間に増えて広がってしまう」

貴志の目は理解を超えた者に対する、呆れたようなものになってゆく。

「伝染性があって死人が出るなら、まず疑うのはウィルスの類いだろう。まさか祈禱《きとう》だのまじないだのを本気でやろうというんじゃないだろうな」

「貴志様……」

貴志が疑うのも無理はなかった。現在伝染病とわかっているものも、古代や中世までは魔物の仕業と言われたり、気休めのまじないや魔除けで封じられると信じられていた。だが、『固喰威』はそんなものとは次元が違う。わかってもらうためには、直接その目で見てもらうしかない。

由良は貴志の腕を摑んだ。由良は、小野家の背守としての貌をしていた。

「とりあえず、嵩叢へ参りましょう。当代様も櫂殿の姿をご確認ください」

部屋のドアを叩く音がして、由良は立ち上がって扉を開けた。入り口で、門脇が表情を引きしめて部屋の奥にいる宮司に言う。

「宮司殿…〝固喰威〟が？」

「まだ本宮内に潜んでおるやもしれん。だがわしには視えんし、宇治《うじ》の大殿様をお呼びするわけにはいかん。後は由良にしか…」

本人の意志など確認の必要もないかのように、緊迫した面持ちで宮司も門脇も話を進めている。やり取りを眺めていた貴志に、由良は急に腕を取られた。

「貴志様……」

「行かないとは言わない。先に車を用意しておけ、俺は由良に話がある」

門脇と宮司が互いに目を見合わせ、やがて頷いた。

「では、車寄せでお待ちしておりますので」

宮司と門脇が部屋を辞した。


「貴志様…」

「…お前は、自分がどういう状況に置かれているかわかってるのか？」

「どういうことです？」

一刻も早く本宮へ、と焦る由良の表情を見ながら、貴志は由良の腕を離さず言う。

由良の意識はすでに嵩叢の人間という立場でしか物事を捉えていない。

身を分かたれていることが不思議なほど感応する瞬間もあるのに、今の由良の心には自分の感情が届かない。

「嵩叢はお前を背守として戻すつもりではない。ただ固喰威とやらにかこつけて手元に戻したいだけだ。うかうか敵の陣地に入れば、からめとられて戻れなくなるんだぞ」

「そのような、敵だなどと……同じ一族の者に」

「その大事な〝一族〟とやらに始末されかけたのは誰だ」

「貴志様！」

由良が珍しく怒りを含んだ顔をしていた。激した感情に抑えが利かないのか、語尾が震えている。

「どうしてそう敵対視されるのです。貴志様も、間違いなく小野の血を引いておいではありませんか。固喰威の出現は、ただごとではないのです。貴志様は、事の大変さをおわかりでいらっしゃらないから……っ」

口に出してから、由良がはっとしたように黙った。自分が何を口走ったか気付いたらしかった。

「申し訳……」

「謝るくらいなら言うな」

詫びるように由良がうなだれた。

「小野家が貴志様をご養家へ出されたのです。何もお教えしなかったのは小野家のほうなのに……」

何も知らないくせに、と言外になじった由良に貴志は怒りを感じなかった。ただ、由良が背守として立ち動くほど、小野家に、嵩叢に寄っていってしまう。まるで摑まえた腕が、砂のようになって消え失せてしまうような気がする。

由良はわかっていない。このまま嵩叢に戻れば、間違いなく自分たちは引き離される。だが今の由良にはそこまで意識が回らないのだろう。固喰威が出現したという危機感からか、自分の足元の危うさを忘れている。

「……」

「貴志様……」

貴志は諦めて低く溜息をついた。

「俺が小野の歴史を知らないのは事実だから仕方がない。お前が背守としてそう判断したのなら、俺も従うしかないだろう。急ぐんだな？」

「……はい」

「由良…」

「？　……ん」

頤《おとがい》をつまむようにして上向かせ、貴志は由良に深く口づけた。由良がおどろいて目を見張る。

お前が誰のものか思い出せ……刻印のように、記憶を呼び覚まさせるように、貴志は口づけた。

心が離れていこうとしている由良を、繋ぎ止めるものは自分にはない。

いつでも、自分だけが手から擦り抜けていくこの背守を追いかけている気がする。そのたびに引き寄せることができるのは身体だけだ。

唇をめくり上げ、歯列を舌でなぞり、こじ開けてなかを吸い上げる。呼吸を奪う唇に、由良が身をよじったが、貴志はその髪に指を梳き入れて由良の小さな頭を抱いた。

「っん……ん……」

お前は最後の時になったら、俺の背守でいることより、嵩叢の人間であることを選ぶのか？

弱々しく抗う手が、しがみつくように貴志のシャツを握りしめてくる。甘く抜ける呼吸を頬に感じながら、貴志は由良に心中で問いかけた。

唇を解放してやると、涙目になった由良が、頬を染めたまま呼吸をあげて見あげてくる。

「貴…志さま……」

貴志はそれを口に出そうとし、思い直す。今の由良に何を言っても無駄な気がした。

「行くぞ」

「……はい」

自分は、宮司たちがあれほどに恐れる『固喰威』が何かさえ知らない。

蚊帳《かや》の外だった者に、背守としての由良を止めることなどできないだろう。貴志は苦い気持ちを抱えたまま、門脇の車に乗り込んだ。

◆◆◆

嵩叢本宮の広い敷地の左端に、斎殿と呼ばれる建物があった。砂利が敷かれた敷地の両脇には樒《しきみ》が植えられ、周囲を常緑樹で囲まれた中に、高床《たかゆか》の古式ゆかしい建物がある。さらにその隣に、しっくいで固められた土蔵のような建物があり、一同はそこに招き入れられた。

明かり取りの窓がひとつあるきりの土蔵の中は、小さなチリが高い窓から差し込む光できらきらと浮遊している。

貴志は土蔵の中をぐるりと見渡した。

まさに、「土蔵」と形容するに相応しい質素さで、思ったより明るいという以外、何もなかった。コンクリートで固められた床、外観と違って、石が隙間なく積まれた内壁。身の回りのものを置く違い棚と箪笥《たんす》、奥のほうに、四方を蚊帳のように吊られた御簾《みす》が下りていて、そこが寝所《しんじょ》だとわかる。

一方だけを巻き上げられた御簾のほうに促され、貴志は靴を脱いで板に上がった。すぐ後ろに、緊張した面持ちの由良が続く。

宮司が中を示す。

「これが、食い破られた後の〝抜け殻〟です」

「……」

とっさに言葉が出なかった。端座《たんざ》した、まだ十四、五歳にしか見えない少年の体は半透明に白く、固い殻状になっている。目を見開き、何か言いかけた口もそのままで固まり、背中から頭頂部まではきれいに一直線に割れ、中は空洞だった。

精巧にできた蠟人形のような姿は、とてもヒトとは思えない。

宮司が説明した。

「もう、固喰威は出ております。触れても危険はありません」

貴志はその遺骸《いがい》を触れて確かめた。硬化した皮膚は、人の爪を触っているような感触だった。

「〝固喰威〟は這入《はい》ってからしばらくは体内に潜みます。早いものなら三日、耐えられるものでも数カ月もちません。身動きができなくなり、やがて固喰威が出てゆくとき死に至ります」

伝染病や一般的な病原体でないことは、もう説明されなくても納得できた。背の割れた、固化した人体という信じがたいほどの現実が目の前にある。

「もっと早く由良が来ていれば、これは助かったのか？」

由良が後ろから補足する。

「人に這入《はい》った固喰威を討伐するには、二つの方法しかありません。まだ固喰威が中にいるうちに、固喰威ごと仕留めるか、固喰威が宿主を食い破って増える瞬間を討つか……」

「……どちらにしても、這入《はい》られた者は、どうにもできないのか」

「はい……ですから、固喰威を増やさないこと、侵入を防ぐことが、最大の防御になります」

「……」

貴志は片膝を着いて遺骸に向き合った。驚愕したように開かれた瞳は、すでに肌と同化して色素が抜けている。この背守は、自分の死をどこまでわかっていたのだろう。

横にいた宮司が言う。

「櫂は、自分が固喰威に這入《はい》られたことを知っていたようでした。覚悟の上だったのでしょう。できるだけ被害の広がらぬように、斎殿の中でも一番固喰威が苦手とする石造りのこの場所に籠り続けました」

「お前はいつ知ったんだ」

「恥ずかしながら、昨夜、出仕《しゅっし》の者が報せてくるまで存じてはおりませんでした」

「肉親には？」

「背守として預かっております故、こちらで埋葬させていただきます」

「親にも報せないのか」

「保科家も、それは了解済みです」

貴志はぴくりと反応する。

「保科？」

門脇が代わってその疑問に答えた。

「櫂殿は、久秀様の異母弟君《おとうとぎみ》でいらっしゃいます」

「……」

久秀の異母弟……。

久秀のギリギリと追い詰められたような表情を思い出した。ただ余所者《よそもの》が気に入らないというだけではない。何故必要以上に自分に突っかかってくるのかがわからなかった。あれは、ただの憎しみではなかったのかもしれない。

複雑な気持ちになって、貴志は土蔵をあとにした。

貴志たちは離れにある別室へ通された。先ほどの土蔵とは別世界のように澄んだ空気が通る、中庭を望める部屋で、出仕の者が茶托《ちゃたく》を勧める。

宮司は他用と称して別室へはついてこなかった。由良は貴志の斜め後ろに控えたまま、門脇が同室している。落ち着いたころあいを見計らって、門脇が口を開いた。

「久秀様は、現在行方が摑めておりません。どうも、この件をご存じだったご様子で」

「弟が固喰威に這入《はい》られたことをか？」

「はい……当代様が背守受けを退けられたことを、ことのほか憤慨《ふんがい》しておいででした。近親の者の話では、どうも当代様のお力を頼みとして、櫂殿を救いたかったのではないかと」

「一度固喰威に這入《はい》られた者は、もうどうにもならないんじゃなかったのか？」

「肉親のことです。わかっていても、他に可能性がなければすがるでしょう。久秀様は、異母弟君が嵩叢に預けられることそのものを嫌がられたほど、弟思いでいらっしゃる方でしたから」

「……」

貴志は、久秀の剝き出しの敵意の理由がわかった気がした。座して死を待つしかない弟を救う方法として、背守を統御するという小野家の力に、一縷《いちる》の望みをかけたのだ。それがどんなに理屈に合わなくても、愚かだと笑うことはできなかった。

そして、自分ものっぴきならない事態に追い込まれたのだとわかる。

「この、悪霊退治みたいなものが小野の生業《なりわい》なのか？」

「いえ、もともとそれが小野家の使命ではありますが、ここ百年、固喰威が出たことはありません」

貴志は苦い顔をした。

「百年ぶりに当たったのなら、相当な間《ま》の悪さだな」

「小野は、何度か固喰威を追い詰めることに成功しました。だが根絶するほどの力を持つ背守も当主も現れず、江戸《えど》の終わりに山ひとつに固喰威を封じ込めるのが限界でした。以来、その山ごと囲んで社《やしろ》を作り、社守が代々その封じを守っております」

「……」

「社守は決してその地を離れず、常に結界を張り続けるのが役目。ですが年月が経つと、どんなに護りを強めても場の結びに綻《ほころ》びが出ます」

「そこから出てきて、また人間を襲い始めたのか」

「おそらく……」

由良が補足した。固喰威は生物には這入《はい》り込めるが、無生物……石や鉄のたぐいが苦手だ。それらを依り代にして力で閉じ込めておけば、餌をとることができず、その動きはぐっと鈍くなるという。

「封じ込めた鉄山は立ち枯れた樹木だけで、生き物はおりません」

「弱るだけで、兵糧攻《ひょうろうぜ》めでは死なないのか」

「ええ……」

固喰威が増えるほどの豪華な餌は人間だけだ。そこで分裂可能なほど大きくなり、殻から出る瞬間に増える。

「一人に這入《はい》ると倍になって増えますから、後は鼠算式《ねずみざんしき》に増えてしまいます」

貴志は眉をひそめて門脇のほうを見る。

「お前が言っていた、いつか来る〝危機〟とやらはこれか？」

「予測していたわけではありません。できれば、起きて欲しくなかったことです」

「……それで、たまたまこんなのが出てきたときに俺が当主になったんだから、腹を括ってお前が魔物退治をやれ、というわけか」

「当代様……」

なんて厄介な話だ、と貴志は心中で溜息をついた。こんな話は、実際に櫂の遺骸や由良の力を発した姿を見ていなかったら、到底信じられない。

だが現実に被害は起きている。自分に関係ないと切り離すこともできなかった。何より、この固喰威云々には由良のことが絡んでいる。

嵩叢の連中も門脇も、由良を使うことを当たり前のように話している。得体の知れない生き物を相手に、由良が何をさせられるか知れたものではない。

「〝固喰威〟そのものを見たわけじゃないからなんとも言えないが、こんなものを退治する義務が小野家のどこにあるんだ？　誰に頼まれてこんな犠牲を払う必要がある」

「当代様……」

「放っておけというつもりはないが、それにしても固喰威が出たからといって小野の者だけが請け負う義務はあるまい？」

「しかし、他の者には固喰威は切れません」

「……これだけはっきりした被害があるのにか？　だいいち、世間に知られていないのは何故だ？」

増殖《ぞうしょく》し人死にが出るなら、もっと世間は固喰威を恐れていいはずだ。だが門脇の答えは意外なものだった。

「普通の者に、固喰威の気配は読めません。固喰威は命があるという意味で生き物ですが、肉体を持ちません。宿主から宿主へ、増えて這入《はい》り込むだけで、人の目には視えぬもの。死骸だけが唯一の確認方法です」

「質量ゼロの生物だと？」

「そういう言い方もできます」

誰の目にもわからない。だが確実に被害だけはある。正体不明の相手に手を焼いた朝廷が、調伏できる小野家をどれだけ珍重したかは想像にかたくない。

「俺ははいそうですかと引き受ける気はない。何も知らない連中が安穏と暮らして、なぜ小野だけがこれの退治にあくせくしなければならないんだ？　俺はそんな理不尽な真似をする気はないぞ」

「当代様！」

「失礼いたします。当代様」

「……！」

由良が声をあげたとき、廊下に人の足音がした。振り向くと宮司と何人かの出仕が、白い斎服を身に纏っている。斎服姿の男たちは、手を突いて丁寧に礼を取ると挨拶口上を述べた。

「このような場所にお留めして申し訳ございません。この上あつかましいお願いごとですが、由良殿をお借りできますでしょうか」

貴志はぎろりと宮司を見る。だが宮司が視線に怯まず、由良のほうを向いて言った。

「這い出た固喰威の気配は、わしらでは視えん。せめて本宮内だけは護らねばならん。……任せてよいな？」

「……私で、よいのですか？」

「お前にしかできん」

それならば致し方ないのではないか、という顔で由良が貴志のほうを窺うように見る。

貴志は行く気でいる様子の由良に意表をつかれた。

本気かと疑いたくなるほどだ。宮司たちは、由良を背守として認めないまま、その力だけを当然のように使おうとしている。

いいように利用されているだけなのに、なぜそれがわからないのだろう。

「由良……」

「どうぞご許可を」

「……お前がそうしたいのならそうすればいい」

「嵩叢の、背守の努めでもあります。どうぞご容赦ください」

由良は目を伏せて畳につきそうなほど深く頭を下げた。由良がどんな理由をあげつらっても、貴志は心の中がわだかまったままで返事をしなかった。

「由良殿、どうぞこちらへ」

無言でもういちど頭を下げ、由良は部屋を出て行った。

「……」

この固喰威問題に、由良を出さない方向で話を持っていくようにしていたのに、当の由良にまるでその気がないのだ。貴志は心の中で由良に不満をぶつけた。由良は、自分の配慮など少しもわかろうとしない。

勝手にしろ。馬鹿者が……。

◆◆◆

由良は何人もの出仕の手で支度を整えられ、潔斎用の白い単衣と袴を身に着けた。

数世代を経て、嵩叢の誰もが固喰威をその目で見たことがない。文献《ぶんけん》でしか知らない生き物の出現に恐れおののき、言い伝えでしかなかったことが現実となったことに緊張している。

当然、由良自身もこうした力の使い方をするのは初めてだった。直接見たこともない固喰威の気配を追えるのか、もし遭遇した場合、仕留めることができるのか不安は尽きない。

自分の体に流れている〝血〟だけが頼りとなる。

一番神経を集中しなくてはいけないはずの由良は、ひとり気持ちを定められずにいた。背守の役目、と主を説得したにもかかわらず、自分が一番うわの空だ。

どうしてわかってもらえないのだろう、と由良は貴志のことを考えてしまう。

どんなに貴志が小野家のことをわからなくても、それが理屈や科学的に説明しにくいことでも、あの抜け殻となった櫂の姿さえ見てもらえれば、何もかも納得してもらえると思っていたのだ。だが貴志はなぜか当主としての立場でものを見てくれない。それどころか、貴志の背守であるはずの自分さえ、突き放したように扱う。

嵩叢本宮が自分を必要としてくれることに、淡い期待を抱いた。もしかしたらこの危機が幸いして、自分は貴志の背守として正式に傍にいられるのではないかと思った。そんな都合のよい筋書きはあるはずがない、そう思っても心のどこかでは貴志が受けるはずだった背守の櫂が死んだという事実がよぎる。力を保ったままの自分の存在が、貴志の背守受けの邪魔をしているのはわかっている。だが嵩叢の中でも背守になるほど力を持つ子供はそうたくさんいるわけではない。現に、こうして櫂の代わりが務まるのは自分しかいない……。

……不謹慎な。

由良は頭を振った。あさましい考えを振り払うように、ご神体の剣を手に取る。柄《つか》と鞘《さや》に細かい銀細工が施されたそれは、小野家の祖、小野《おのの》篁《たかむら》が佩刀《はいとう》したものと言われる神剣だ。

装束を改め、由良は本宮の中央にある正殿《せいでん》に案内され、剣を膝前に置いて端座した。

出仕が手を突いて拝礼する。

「私どもは次の間に控えております。何かのときはお呼びください」

「……わかりました」

由良も手を突いて頭を下げた。広い板張りの正殿にひとり残される。

背守は本来人と交わらない。人外の者、という認識がある本宮では特にその基準で扱われた。固唳威の気配を探るにしても、かならず背守の周囲は人払いされる。

由良は意識を研ぎ澄まし、静かに目を閉じた。身のうちから意識を広げて視渡しても、清《さや》かな気配に護られた正殿には、何も感じない。

（……いない）

由良はさらに意識を広げる。目を閉じたまま、まるで社を俯瞰《ふかん》する鳥のように、心眼《しんがん》が嵩叢本宮の隅々までを視渡した。だが、どこにも闇の翳は視えず、固喰威の気配はしない。

（どこへ……）

這い出た固喰威はどこかに居るはずだった。もし本宮内に出入りしている誰かの体に這入《はい》ったのなら、遠都川全体まで意識を広げなくてはならない。

深層意識に降りていくに従って、ヒトとしての表層が薄らいでいくのを感じる。微かな熱、肩に落ちる髪に感じたが、由良が光に透ける己の姿を見ることはなかった。

どこまでも固喰威を追いかけて伸びていく意識に集中しながら、由良は戻れなくなりそうな不安に襲われて思わず目を開いた。

「……！」

呼吸が微かに上がって、冷や汗がこめかみを伝う。

制御を失って墜落《ついらく》する凧《たこ》のような感覚だった。バランスを崩してくるくると回り、落下していくときの恐怖感に似ている。

（私は……）

「……！」

息を乱したままの由良の前に、茶の和服を着た男が現れた。男は向かい合わせに端座すると、両の拳《こぶし》を突いて、深く静かに頭を下げた。嵩叢家宗主《そうしゅ》だった。

「嵩叢様……」

「……勤め、いたみ入る」

穏やかな瞳をした嵩叢家の家長は、静かに顔をあげた。由良もそれにならって深く礼を取った。父とも子とも、呼び習わすことのない間柄だった。由良自身、物ごころついてから幾度も会ったことのないこの宗主に、畏敬《いけい》の念以外の感情を持ったことがない。

嵩叢家の長が静かに口を開いた。

「大きくなったな……」

「……」

「〝固喰威〟の気配は視えたか」

「残念ながら……」

「そうか」

「力が及ばず、申し訳ございません」

「逃げおおせたのならやむを得ん、お前のせいではない。ともかく、本宮内にはおらぬのだな？」

「はい……」

「……」

嵩叢が由良の姿を観察するように眺めて言う。

「その姿では、相当な力を使っただろう」

え……？

指摘されて己の姿を振り返ると、髪は金粉を落としたように黒髪にきらきらと光を残している。

父であり、家長である男が低く息を吐いて言った。

「主のないときに、無制限に力を使ってはならん。加減をせんと、箍《たが》が外れて自分で抑えが効かなくなる……」

「……」

平衡《へいこう》感覚を失うような、あの得体の知れない不安感を思い出す。嵩叢が沈黙の後に口を開いた。

「これは、お前の父親である私の口から言うべきだと思ってな。宮司殿には座を外していただいた」

「嵩叢様…」

「当代様のお屋敷にいるそうだな」

「……申し訳ございません」

遷化も半ばで、あられもない姿で還俗したことは、間違いなく宗家にも伝わっている。あの斎殿で何が起きていたか、見えなくてもきっと周囲の者はわかっただろう。由良はそれに思い当たり、父の前で深く面を伏せた。貴志を恨む気はない。だが男の身で犯されたことを知られたのは、いたたまれなかった。自分が生き長らえたことは、きっと一族にとっても恥でしかない。

「当代様がどのようにお前を庇っても、お前をこのままにしておくわけにはいかないのだ」

「嵩叢様」

由良に少し面差しが似た、黒い瞳がわずかに揺れた。

「酷な物言いだと承知している。だが誰かがそれを言わねばならないのなら、私が言うべきだと思ったのでな……」

「……」

由良は端座した嵩叢の顔を見上げた。

やはり、次の背守に力を遷すために自分の死が必要なのだ。櫂がいなくても、嵩叢には誰か代わりが立つのだろう。どんなに望んでも、自分は貴志の背守になれない。

そう思うそばから、どうしても離れがたい感情が迫り上がった。本当に貴志と契誓を交わしたのは自分なのだ。そのことを証明できたなら、嵩叢家を納得させられるかもしれない。

思い余って由良は口を開いた。

「当代様の背守を、私が努めさせていただくことはできないでしょうか」

「由良……」

声が震えた。自分がとんでもないことを言っているのはわかっている。

「遷化は成りませんでした。櫂殿は力を得ず、私の背守としての力は失せておりません」

「由良」

涙が込み上げ、叫ぶように由良が言った。

「私は貴志様にお仕え申し上げると誓いました。お願いです、私を……」

背守に……。

最後は声にならなかった。突っ伏すように頭を垂れた由良に、嵩叢の長である父親が、いたわるように近づいてその頭を撫でた。

「そうさせてやれたら……どれだけいいか……」

父上……。

涙を溜めて見あげると、嵩叢の顔には肉親の慈愛《じあい》と悲しみが同居していた。

「遷化などできるはずはないのだ。背守として生まれた者は、生涯背守でしかない」

「え……」

由良は目を見開く。嵩叢が黒目がちの瞳を我が子に向けた。

「遷化は〝お焚き還し〟のための口実だ。儀式は形式でしかない」

「どういう……」

磨き抜かれた板張りの床に、雲の切れ間からのぞく空が鈍く映った。由良は父の言動に戸惑った。

「背守はもともと主に束ねてもらってようやく制御がつく生き物だ。力が強ければ強いほど、コントロールする者を失っては生きていけない」

父の手が頰に触れた。

「お前は近年でも稀にみるほど力の強い子だった。だから私たちも、いつか固喰威が出てくると予想していた」

まるで示し合わせるかのように、固喰威が暴れ出すときには、それを抑えるにふさわしい力を持った子供たちが生まれてくる。

「仁志様が亡くなろうと、遷化の儀式を行おうと、お前の力が失せることはない。ただ主の束ねを失ったお前が力を使えば、いつか暴走して自我を失う」

「嵩叢様……」

「我々は獣性を持った生き物だ。それがどれだけ危険なことかはわかるだろう。ましてお前のように力のある背守が制御を失ったらどれだけの危いか……」

だから、死ななくてはいけない……。

言葉に出さない結論に、由良は父親の顔を見つめた。

「宮司殿も、お前が当代様の前で力を発揮したときに、危険だと判断したそうだ」

由良は自分に向かって小柄を投げたという宮司の行動を思い出した。あれは、最初から自分を殺害しようとしたのではなく、暴走して主に危害を加えるかもしれない背守を危惧してのことだったのだ……。

宗主の貌は、我が子への愛情を持ち続けているが、小野家臣下としての嵩叢家の立場をわきまえている。

「これは小野本家も知らないことだ。背守があとに残されることは稀だし、背守が暴走するなど決して知られてはならぬこと。だから今回も、宮司殿はお前に遷化を理由にし続けた」

「そんな……」

由良の中で、ショックで何度も同じ言葉が谺《こだま》した。

背守の力は失せない…。

力が失せなかったのは、貴志の背守だったからではない。自分が本当に貴志の背守として契誓したかどうかは、誰にも確かめようがないのだ。

「固喰威を討伐するには、それだけの制御がいる。背守ひとりではできない」

「……」

「お前では無理なのだよ……」

死の宣告を恐れるより、自分が貴志の背守だという証拠がない、ということに打ちのめされそうだった。間違いなく自分が誓った相手だと思っていた。だが貴志の隣にいるべき背守は、他の者かもしれないのだ。それが何よりも心を引き裂いた。

それでも、まだ諦めきれない……。

「当代様に、私を束ねていただくわけには……」

宗主がそれをやんわりと否定した。

「そうでなくとも、当代様は一族のこうした部分を厭《いと》われておられる。お前を庇い立てくださったのもそういう理由だと聞いている。そんな当代様が、お前を使役すると思うか？」

「嵩叢様……」

「我々は血を流すだけでヒトとしての本性を失う。獣性としての我々を使い、血にまみれて人の性《さが》を失う我々を束ねる作業は、使役する側にとっても酷《むご》いことだろう。それをあの方がお前にできるかな」

「……」

「離して育てるのは、そういう意味もあるのだ。情を移した背守を、当代様は使役できまい」

諭すように宗主が言った。

「わかるな……」

「……」

「平時ならともかく、固喰威が出た今、当代様に背守を付けないわけにはいかないのだ。櫂の代理はこちらで用意している。力はお前に及ばなくても、幸いあの方のお力なら充分使いこなせる。……お前も、主を本当に思うならこらえてくれ」

涙がとめどもなく溢れて落ちた。

どうあっても許されないのだ。自分がどんな姿に変じるか知ったら、貴志は固喰威討伐など決してやらないだろう。だが背守に代わりはいるが、小野家当主に代わりはいない。

「あの方も、お前が身を処せば諦めてくださるだろう。どうあっても当代様には固喰威討伐に立っていただかねばならぬのだ。わかってくれ、由良」

ひとりで固喰威を斃《たお》すことはできない。暴走化した場合、誰にも自分を止めることができない。諦めるしかないのだ。自分は、どうあっても貴志の傍にはいられない。

温かい手が、由良の頭を撫でた。

「すまない……」

由良は答えられないまま、貴志の感触ではない手に涙が止まらなかった。

◆◆◆

由良が辞した後の離れで、貴志は沈黙を守っている。固喰威の気配を追うと行ってから、もう三時間以上経っていた。

貴志は動じなかった。ただ淡々と座して待ち続けている。門脇もその横で自分に付き合って黙って待ち続けている。

時おり斎殿を囲む木々から鳥のさえずりが響いた。風が通り抜けるのを感じながらふいに考えていたことを口にした。

「個別に説得されたら、先に負けるのは由良だろうな」

「会長……」

貴志は雨露に濡れて色を濃くした常緑樹を眺めながら言う。

「ここで育ったんだ。一族のための俺のためだの、大義を持ち出して言い含められれば逆らえまい」

待っている間、由良はどうしているだろう、嵩叢は由良の囲い込みにどういう手段に出るだろう
……そんなことを考えていた。

彼等が由良を手に入れることは容易《たやす》い。背守であり続けようとすることを逆手に取ればよいのだ。当主のために死ねと言えば、由良は進んで命を差し出してしまうだろう。由良は、そんな風に自分のことを優先してくれる。

だがそれは自分個人ではない、当主としての自分だ。だから少しも嬉しくはない。

自分のためになど犠牲を払うことはないのだ。固喰威討伐も、できないと放り出して逃げ帰ってくればいい、そうしたら全力で守ってやる、そう本気で思った。

もっと自分に甘えればいい。助けてくれと、迷うことも苦しむことも、自分にぶつけてくれればいい、そうしたら由良が苦しむ分の全てを、代わりに引き受けてやる。

だが、由良はそこまで自分を選んではくれない気がした。そして結局は由良がひとりで何もかもを背負って辛い思いをする。

門脇が思いついたように言った。

「……固喰威討伐を嫌がられた理由は、由良様のためですか?」

貴志はゆっくりと振り向く。

「やり方は知らないが、どのみち背守を使役するのが当主の役目なんだろう。俺はごめんだ」

門脇の顔に笑みが浮かぶ。

「……きっと由良様のために迷われているのだろうと思っておりました」

「当主なんだから、背守ひとりだけを守るわけにはいかないだろう。固喰威の問題を放置したりはしない。だが由良を使う気はない」

「どうなさるおつもりです」

貴志は微かに笑う。

「俺が小野を知らなさ過ぎるのが弱点だな。うまい方法が思いつかないんだ」

「会長……」

「嵩叢育ちの久秀でさえ、打つ手がなかったんだろう。勝手に弟を背守に取られても奪い返せず、固喰威を食い止めることもできなかった」

「……」

門脇が返答に窮して黙る。貴志も由良の帰りを待ってまた口を閉ざした。いい予感はしていない。

ふたりの沈黙を破るように、宮司がひとりで戻ってきた。

「由良はどうした」

貴志の問いに、宮司は手を突いて平伏したまま答えた。

「まだ御正殿におります」

貴志の表情をはかりかねたのか、宮司はちらりと門脇のほうを見て言う。

「そのことでございますが、由良殿にはしばらく本宮にお留まりいただければと思っております」

貴志が皮肉そうな笑みを浮かべる。

「先代の手垢《てあか》のついた背守は要らないんじゃなかったのか？」

宮司は表情を引きしめた。貴志の見返す強い視線にも、怯む様子はない。

「そのことも含めて詮議もございます故、しばらくの間……」

「……」

「遷化ならずにいたことは、櫂の亡くなった今は幸いしました。ですが、そもそも由良殿は先代様をお護りしきれなかった背守です」

「今さらそれを蒸し返す気か？」

「それだけではございません。嵩叢の歴史のなかで、固喰威が本宮まで這入《はい》ったなど前代未聞。その隙は、護持《ごじ》を役目とする背守の落ち度でもあります。由良殿に咎《とが》めがないとは言えません」

「その手の言いがかりに取り合う気はない。詮議をするなら勝手にしろ。由良は連れて帰る」

「本人は了承しております」

「どう言いくるめたかは知らんが、直接ここへ連れてこい。でなければ俺が出向く」

「会長…」

立ち上がりかけた貴志を門脇が止めようとする。だが宮司は想定していたようだった。抑えた声で主君を仰ぐ。

「もちろんでございます。どうぞお越しくださいませ。こちらでございます」

「宮司殿……」

貴志は案内されて正殿へ向かった。


渡り廊下を歩き、いくつもの庭を挟んで本宮の一番奥にある正殿に着き、貴志はそこで面を伏せ、手を突いて出迎えた由良と対面した。

由良は初めて見たときと同じ白い単衣と白い袴の姿だった。

だが貴志にはまるで死に装束のように見えた。

「……」

「……」

貴志は入り口に立ったまま、黙って由良を見ている。由良も、いつまで経っても顔をあげない。ついてきた宮司も門脇も、隅で控えている嵩叢家宗主も、誰も口を聞かなかった。

貴志は嵩叢に来る前に感じた問いを思い返した。

由良は最後の最後に、自分と嵩叢と、どちらを選ぶだろう。

誰にどんな説得をされても、それが当主のためだと言われても、それで自分との繋がりは断ち切ってしまえる程度だったのだろうか。

重苦しい沈黙の中で、貴志は口を開く。

「お前は、どちらを選ぶんだ？」

由良はうつむいたまま答えない。

宮司もそれを無言で見守っていた。由良の本意でないことは、どう見ても明らかだ。だが由良がそうして沈黙を守っている以上、貴志は強引に連れ出そうとは思わなかった。

由良が自分を選べないのなら、力で連れて帰っても意味はない。嵩叢の人間として、板挟みのまま呵責を負い、いつか耐え切れなくなってここへ戻ってしまうだろう。

心まで閉じ籠めることはできない。

「表に車を回しておく、十分待つ。戻る気があるならその間に来い」

「会長！」

「車を回しておけ」

それでも最後に、自分を選んで欲しいというのは、無理な望みなのだろうか……。

後ろを振り向くことなく立ち去りながら、貴志はそう思った。

だんと床板を踏む音がして、由良の手がビクリと揺れた。立ち去る貴志に門脇が慌てて後を追い、宮司がそれに続く。由良は最後まで顔をあげることはしなかった。

床についた手が小刻みに震え、ぽたぽたと涙が落ちる。

遠ざかる足音を感じながら、由良は面を伏せたまま貴志を見ることができなかった。

ひと目でも姿を見たら、自分はきっと耐えられないだろう。由良は追いすがっていきそうな手を、指先が白くなるほど床に押し付け、衝き上がる嗚咽をこらえてひとりで震えた。

いくつもの足音が去り、正殿にはふたりだけが残された。父親として、嵩叢宗主として由良を見届けた男がいたわるように背を撫でた。

「よくこらえたな……辛かっただろう」

これでいいんだ……。

貴志がこの場所を離れてしまいさえすれば、貴志に気取《けど》られずに死ねる。貴志は憤るだろう、だが宮司も嵩叢宗主も、それでいいと言う。

「勝手な話だが、お前の身は固喰威と相討ちになったことにしておく。それで当代様の怒りの矛先を固喰威に向けていただくのが、一番いいと判断したのでな」

宗主の言葉に、由良はこくりと頷いた。自分は、貴志を固喰威討伐へ向かわせる〝贄《にえ》〟になるのだ。

自分の死は貴志を苦しめるだろう。だがそれで多くの人々が助かる。固喰威討伐ができるのは小野の当主だけだ。小野のために、どうあってもこれは必要だ。

言い聞かせても、込み上げてくるのは思慕ばかりだった。

貴志に会えない。

もう会えない……。

十分待つと言われた。今ごろ正門のあたりでは、貴志が待ってくれている。

あの優しい目で、あの温かい手で、あの包むような声で……。

「……」

胸が張り裂けそうだった。後数分。もう、ここからでは走っても間に合わない。

「っ……っ…う……」

由良はついに耐えられなくなって、床に突っ伏して泣いた。

半時以上経過したような気がした。動かない由良に安心したのか、宗主はいつの間にか姿を消している。独り取り残された空間で、由良はゆっくりと顔をあげた。

遠くで雷鳴がとどろいた。変わり易い山の雲は黒々と垂れ込め、まだ夕刻であるにもかかわらず、外は真っ暗になった。

ぽつん、ぽつん、と大粒の雨が地面に落ちたかと思うと、後は叩きつけるよう降りだす。豪雨があらゆる音を掻き消し、地面はあっという間に雨に浸って水煙を上げている。

正殿から見える森の向こうで、真っ暗な空に稲光が光る。激しい雨音にせきたてられるように、由良は立ち上がった。

正殿の縁まで出ても、何も見えない。

正殿を囲む木々も、周囲にそびえる山々も、もう何も見えなかった。こんな真っ暗な世界に、自分は独りでいるのだ。

この先も、ずっと独り……。

貴志も、ずっと独りになる。

「……………」

孤独を抱えて固喰威と闘い、決して魂を分かち合うことのない一族からあがめられ、貴志の孤独はより深くなるだけだろう。誰も、貴志と心を通わせることはない。闇の中で、いつも貴志を抱きしめたいと思っていた。もう、それが叶わなくなる。

「……あ………」

心の中に貴志の声が響いて、由良は闇に目を凝らした。その声に衝き動かされるように、何ひとつ考えず裸足のまま正殿を降り、夢中で雷雨の中を駆け出した。

◆◆◆

雨がひっきりなしにフロントガラスを叩きつけている。薄暗かった外は、あっという間に真っ暗になった。

門脇がワイパーを動かして視界を確保したが、すでに宣告した時間からは二十分が経過していた。

沈黙を守っていた貴志が言う。

「出してくれ」

「よいのですか」

「……ああ」

「しかし…」

「時間は過ぎてる」

「あのように皆様がおいででは、由良様は、ご自分で戻りたいとはおっしゃれないでしょう」

由良を庇うように門脇が言った。

「そうだろうな」

「それがおわかりなら……」

「だから置いてきた。それ以上俺にどうしろというんだ？」

「……」

貴志は雨で視界が歪む窓の向こうを眺める。

「俺が由良に一族を捨てさせて、全部俺のせいにできればいい。だが奴にはそんな器用な真似はできないだろう」

一族の困窮を放っておいて、自分だけ安穏と暮らせるような性格ではない。きっと一族を裏切った己を責めて、今度は自分との間で板挟みになって苦しみ続ける。

「あれが苦しまない選択がここに残ることなら、選ばせるしかないだろう」

それでも胸はチリチリと痛んだ。嵩叢と宮司に見張られて、あの場で由良が何も言えるはずがないのだ。一言も口を開かず、由良はどれだけ耐えたのだろう。

何も知らなければ、仁志の背守として、いっそ出会わないままだったら、こんなに苦しまなかったかもしれない……。

本当はどうすればよかったのか、自分でもわからなかった。

今ここを離れて、自分が由良への気持ちを断ち切れる保証もない。だが、これが由良の出した答えなら、これ以上自分にはどうしてやることもできない。

これしか結論はなかったのか……？

問いかける心の中で、由良には想いが届いていない気がした。自分と由良との間に、遠くて暗い闇が広がっている。

「車を出してくれ」

「……は」

豪雨の中、車は静かに宮を出た。

◆◆◆

車が走り始めてしばらくして、貴志は弾かれたように門脇に命じた。

「止めろ」

「会長…？」

まだ築地塀が続く道で、嵩叢の敷地の範囲だ。由良が来る…。貴志はそう思った。何故こんな感覚がするのか、自分でもわからない。

「車を戻してくれ」

何を、と怪訝な顔をしながら門脇がユーターンできる場所を探そうと速度を落とす。だが貴志は待ちきれないようにドアを開いた。

「すぐ戻る」

「会長！　お待ちください！」

キーッと車が鈍いブレーキ音をあげた。貴志は制止も聞かず、土砂降りの雨の中に走り出る。

雷鳴は天を劈くように響き渡り、何度も稲妻が空で光った。雷光で浮かび上がる木々が雨に叩きつけられている。

雨水を跳ね上げ、夢中で走った。まるで何かの路が続いているかのように、先へ先へと導かれていく。

どうしてなんだろうと何度も思った。別々に生きたほうが楽なのがわかっていても、自分はこの状況を敢えて選んでしまう。声も届かないところから、響き合う魂を見つけるように、自分は由良に辿り着く。人はこれを運命と言うかもしれない。だが自分たちにはよくわからない。

ただ、何度離されても、それでも自分は由良を選ぶ。

「貴志様……っ」

豪雨の中に、由良の声が微かに響いた。

叩きつける雨粒が当たると痛いくらいの強さで、落ちてくる雫に目を開けていられない。

言葉にするより確かに、由良が来るのを確信できていた。闇に目を凝らすと、白い単衣姿の背守が裸足《はだし》のままこちらへ向かって走ってくる。

我を忘れて手を伸ばした。どうして置いてこられたのだろうと思うくらい、強く抱き留めた。

由良は、自分を選択したのだ。〝血〟と〝一族〟に縛られたあの嵩叢の中から、最後の最後に自分を選んで来てくれた。

それだけで胸がいっぱいで、言葉が出なかった。

腕の中で由良の声がする。

「お許し、ください……そばに……」

荒い呼吸が冷えた空気に白く見える。掠れる声と、白くなった震える唇を、唇で塞いだ。

「……っ…」

冷たい雨が頬を打ち、割り込むように流れてくる。

肩や背中に張り付いた着物は雨を含んで冷たく重い。薄い体をかかえると、冷えた服の内側から由良の熱が伝わってきて、貴志は由良の呼吸を止めてしまいそうなくらい強く抱きしめた。

もう二度と離れることなどできないだろう。自分は由良を愛している。

契誓を交わしたからとか、背守という特殊な繋がりがあるからということではないのだ。折れてしまいそうなほどはかない姿で、必死に自分に手を伸ばしてくる由良を、誰の手にも渡したくない。

唇を離し、貴志は何か言いかけた由良の頭を手で抱き寄せた。掌でかかえられるほど華奢な頭も、ずぶ濡れで水滴を滴らせている。

嵩叢の目をかいくぐって自分を追ってきてくれたのがわかるのに、貴志が口にできたのは、ぶっきらぼうなひと言だけだった。

「裸足で来る奴があるか……」

すみません、と消え入るように胸の中で由良が囁く。貴志は由良を抱き上げて車へ戻った。

◆◆◆

ホテルに着くまでの長い時間、貴志は黙って由良をジャケットでくるんだまま抱きかかえていた。

門脇も何も言わなかった。黙って車内の温度をヒーターで上げ、ひと言、朝方出てきた宿に戻ることを告げた。

腕の中では、唇が白くなるほど冷えた由良がじっとしている。

車は数時間飛ばし続けて奈良市内に戻った。ホテルに着くと、ずぶ濡れの客にフロントはすぐ部屋を手配した。門脇は部屋に行きかけた貴志に言った。

「会長、私は一度嵩叢に戻って様子を見てまいります」

「?」

「どのみち由良様が失踪《しっそう》されたとあれば、真っ先にこちらが疑われます。必要ならこちらにいることはお伝えしますし、あちらの意向も知っておいたほうがいいでしょう」

貴志は門脇の言動が変化したのを感じている。

「お前は、どっちの味方なんだ?」

「宗旨《しゅうし》替えしました。おふたりの進まれる方向に、お手伝いをさせていただきます」

由良を抱いて車に戻ったとき、門脇はまるでそれが当然というような顔をして自分たちを嵩叢から遠ざけた。あれほど一族に忠実だった男の、心境の変化は量りかねた。

だが自分たちを見守る門脇の目は、信頼に値する暖かさを宿している。貴志は笑みを刷いて返した。

「……心強いことだな」

門脇が穏やかに微笑む。翌朝までには必ず戻るという門脇の言葉に頷き、由良を連れて部屋に行った。

バスルームはシャワーの湯気でやわらかく曇っていた。

降り注ぐ温かい湯を浴びて、貴志に抱きしめられ口づけを受ける。由良は激しい抱擁の間に途切れ途切れに言った。

「貴志…様、服が濡れて……」

「どうせもう濡れてる」

口を利くのも惜しむような抱き方だった。濡れて張り付いた服を取ることもせず、掻き擁《いだ》くように背を抱え、腰を引き寄せ、互いの体の隙間を全て埋め尽くした。

くらくらするほど感応した。片時も離さないという貴志の感情が流れ込んできて息がつけない。

由良も貴志の背に腕を回す。

何もかもを捨てて、貴志を選んだ。一族にあってそれがどんな重い罪になるかを承知で、罪を負ってでも貴志の傍にいたいと願った。

裁かれてもいい……。

この裏切りを、一族は許さないだろう。背守としての自分も、どこまで正気でいられるかわからない。それでも、その最後の瞬間までこの魂を縛る貴志の傍にいたかった。

貴志がどこへ戻ったのかも、どのくらい前に車が出たのかもわからなかった。それでも夢中で走った。闇の向こうに、貴志が自分のほうへ手を伸ばしてくれたのが見えた。

もうそれだけで、息の根が止まってもいいと思った。

濡れた身体は、互いに互いを求めて熱を帯びている。由良は無言のままで背を這う手に熱い吐息をこぼした。

「……ぁ……」

「由良……」

「貴志様……っあ……」

強く喉もとを吸い上げられて、由良は頭を反らせて喘いだ。鮮血の痕を残す口づけが鎖骨から胸へ下り、乳暈《にゅううん》ごと咥《くわ》えられた。強く吸い上げられる鋭い刺激に、由良は反射的に貴志の頭を抱いた。

「っ……あ…あっ」

濡れそぼる貴志の髪に指を梳き入れ、由良は貴志の顔を上向かせると夢中で唇を重ねた。ずるずると、背中が壁を伝って床に崩れ込む。貴志の頭を抱きしめて深く口づけたまま、由良はバスルームの床に座り込んだ。

貴志が目を眇めて苦笑している。

「意外と大胆だな……」

「ぁ……」

我に返った由良は羞恥で頬を染める。貴志がそれをからかうように見て笑う。

貴志に体で割り込まれ、脚を開かされた。壁に肩を押し付けられたまま、覗き込むように見つめられ、囁かれる。

「覚えておけ、この先お前に何があっても、もう手放してやる気はない」

命じる口調なのに、まるで愛を告白されたようだった。髪に指を梳き入れられ、頭を抱かれて、由良は蕩けそうなほど身体が熱くなる。

貴志に愛されている……。

誰にも渡さないと、言葉の裏側で貴志がそう伝えている。

「貴志…様」

「一生俺のものだ、身体で覚えろ」

「……っ…つっ」

逸《はや》る感覚がその前から伝わっていた。体中全てを手に入れたいという貴志の欲情が、触れた皮膚から痺れるように伝ってくる。

受け入れる場所が疼いて蕩け、熱く濡れたものが押し入ってくる。

「…あ……っ…」

肉襞《にくひだ》を掻き分けて埋められる充溢感に、呼吸が掠れていく。脈打つ楔が深く突き上げて、腰全体に痺れるような感覚が広がった。熱い肉塊《にくかい》が出入りするたびに、おかしくなりそうなほどの快感を引き起こしていく。

声をあげかけた唇を、貴志に唇で塞がれた。

「……っん……んっ、んん」

傾けて重ねられた唇から舌が入り込み、全ての声を塞ぐように口腔内をまさぐられる。

上からも下から訪れる出口のない快感が、身体の中で渦を巻いた。

「……っ……っ…んんっ……んっ」

逃がす術を全て奪うように、貴志が悶える身体を縛めて抱き、長い指が頭を摑んだ。

全てを体内に注ぎ込まれるように、熱い塊が何度も激しく内部を穿たれる。

唇の間から、くぐもった喘ぎがこぼれた。

「あ……あ……ああっ…ああっ！」

助けて、と由良が心中で懇願した。全ての感覚を塞がれ、絶叫しそうな快感を、どこへ放出していいかわからない。

どこへ逃げることも許さない……。貴志の目がそう命じている気がした。おかしくなりそうなほどの愉悦を、灼熱の楔を、全て受け止めろと命じている。

それは快感で縛られる束縛だった。自分は、貴志に支配されている。

全てを支配し、束ねる主の所有物。自分の全てを自由にできるのは貴志でしかない。

甘い拷問《ごうもん》のような快感に溺れたまま、由良も貴志も、我を忘れて抱き合った。

第四章　添う魂

東京は梅雨の晴れ間が続いていた。

豪雨の中を嵩叢から抜け出してから、三日が過ぎた。本宮は不気味なほど沈黙を守り、追捕《ついほ》の命は下りていない。貴志はそれを訝しみながらも、深く追及するのを避けた。

こちらに由良がいるのは向こうも承知している。どうしても奪還する気なら、動かなくてもあちらのほうからやってくるだろうと判じた。

着替えを済ませ、窓の外に目をやりながらそれを考えていると、ドアをノックする音がして、由良が顔を出した。

「あの…朝食のお支度ができましたが」

「……」

「……?」

貴志の沈黙に由良が小首をかしげて近づく。まったく警戒心のない由良が、思惑どおりに近づいてくるのを微かに笑って、貴志は由良の腰をからめとって抱いた。

「ぁ……」

掌で頬をくるんで顔を向けさせると、由良は顔を赤くしながらもそれに逆らわない。

「……っ……」

喉のほうまで舌を挿し入れ、由良が肩をすくませて反応するのを愉しむ。由良は唾液を溢れさせ、声を殺して悶えている。本当に涙目になってきたのを見て、唇を離してやった。

「……っ……は……」

もう由良がされるがままに従っても、貴志に苛立ちはなかった。そこに愛情からの恭順《きょうじゅん》を確かに感じ取れる。由良は決して逆らわない。抑えが効かなくなるほど求める自分の欲情に、羞恥をこらえて懸命に応えようとしてくれている。

それが幸福だった。由良の本心がどこにあるのか、もうあれこれ余計な邪推《じゃすい》をしなくてもいいのだ。それがつい、度を越した悪戯のように由良を困らせる。だが貴志は歯止めがきかなくなりそうなほど、由良を構いたかった。本当に、人目がなければ朝からでもこのままエスカレートしそうだ。

涙で黒い瞳を潤ませた背守に、貴志は自戒を込めて笑みを浮かべながら言う。

「あまり俺を甘やかすと、俺はつけあがるぞ？」

なおもまさぐった手を、由良が遠慮がちに止めた。

「ま……まだ、藤岡《ふじおか》さんがいらっしゃいますから……」

家政婦の名をあげて目を伏せる由良の耳元に唇を寄せる。

「夜ならいいのか」

「……」

どう返答したものか迷うように、由良は顔を赤らめたままだ。それを了解とみなして、貴志は由良を解放し、ダイニングへ向かった。

ダイニングには朝食も揃えられていたが、すでに迎えの門脇も来ていた。門脇がソファから立ち上がって一礼する。

「お早うございます。少し早めに伺わせていただきました。おふたりとも同席のお時間をいただければと思いましたので」

「……嵩叢はなんと言っている？」

由良失踪の件に関して、門脇が由良と貴志がともに帰京したことを伝えたが、宮司は頷いただけだったという。本宮の意向を量りかねて、貴志の指示で門脇が嵩叢宗主に再度連絡を取った。

「お世話をおかけいたします…と」

「それだけか？」

「……はい」

「……固喰威のことはどうした」

「それについても、何もおっしゃいませんでした」

「どのくらいの繁殖力なんだ？」

由良が、自分に向けられた問いに答えた。

「這入《はい》られた者の中で成長しているうちは、被害は拡大しません。すぐに食い破られる者もいますから、安心はできませんが、そう急激に増えるものではないと……」

「一匹出たくらいで、すぐどうこうというものではないのか」

「急いだほうがよいことは確かですが、今のところ、行方も知れておりませんし……」

どこか消極的な返答の由良の様子を、貴志が案じるように見る。

「……お前のところに、直接連絡してくるものはないんだな？」

「はい」

迷いのない返答に、貴志はそれ以上何も言わなかった。


貴志を玄関で見送った後すぐに、門脇が戻ってきた。貴志を先に車のほうへ行かせたらしく、さっき手にしていたキーを持っていない。

「門脇様？」

門脇が声をひそめ、手早く由良に言う。

「嵩叢様からご伝言を預かりました。当代様には伏せるようにと申しつかりまして」

由良の表情がこわばる。

「『どうしてもお前が背守でいたいなら、お前が当代様を説き伏せるように』と…」

「……」

「……どういうことです？　由良様」

嵩叢は、本宮は、自分がどうしても我を張るというのなら、自分で貴志を固喰威討伐に立つよう説得しろというのだ。

貴志に自分を束ねさせ、固喰威を討ってくれと頼む……。

そんなことができるだろうか……。

貴志は強引なように見えて、誰よりも自分を案じてくれている。自分にどんな負担も押しつけようとしない。そんな貴志が自分を束ね、使役することを引き受けてくれるだろうか。

だが、固喰威をこのままにしておくわけにいかない。貴志には濁したが、本当は一刻も早く櫂の体から出た固喰威を追わなくてはいけなかった。増えてしまったらそれだけ被害が広がる。

解決の選択肢はいくつもない。貴志に新しい背守を受けてもらうか、自分を使ってもらうか。いずれの場合も、貴志が固喰威を討つのが大前提だ。

「あの、どうぞこのことは、当代様にはご内密に……」

「もちろんです。しかしこれは…その、僭越《せんえつ》ながら本宮は由良様を背守とお認めになっているということでしょうか？」

由良は目を伏せて門脇の視線を逃れた。

「いえ……すみません、今は何も申し上げることができません」

遷化に意味がないことも、背守を葬《ほうむ》らねばならないことも、嵩叢の者以外にはたとえ君主でも口外してはいけないことだ。門脇に話すわけにはいかない。

門脇は先に行かせた貴志を気にしているようだった。ちらりと時計を見ながら、玄関のドアに手をかける。

「わかりました。差し出たことを申し上げました。では私はこれで…」

「門脇様！」

「？」

由良は思い詰めたように引き留めた。立ち止まる門脇に、しばらく迷ってから口を開く。

「お願いする筋合いではないとわかっておりますが、もし……」

由良は単衣の袖を握りしめている。

「もし万が一、私が今度制御なく力を発したときは、どうぞ当代様を連れてその場から離れていただけますでしょうか」

「え……」

「できれば私の身を始末していただきたいのですが、おそらくそれをお願いするのは難しいことでしょうし、門脇様にも危険が及びかねません。ですから、せめて当代様の身をお守りするだけでも、お願いしておきたいのです」

門脇が目に見えて狼狽した。

「それは……しかし、前回お力を出されたときは、当代様をお救いになったわけですし」

だいいち、由良は貴志の背守なのではないかという門脇の疑問に、由良がごまかすように微笑った。

「万が一、です。万が一、私の様子がおかしかった場合はそうしてください」

最悪の想定、とわかって門脇はほっとした顔になる。

「そんなことはあり得ないと思いますが、ご心配でしたらお約束いたします。当代様は、私が責任をもって安全確保に努めます」

「縁起の悪い話ですみません」

「いえ」

固喰威のこともありますから、きっと神経が昂《たかぶ》っていらっしゃるのですよ。と門脇はフォローするように言い、一礼すると急いで主のほうへ戻っていった。

由良は閉じられたドアの前に、いつまでも立っていた。

〝万が一〟が来ないと、どう保証できるだろう……。

由良は込み上げてくる不安に自分の腕を摑んだ。自分はすでに二度、貴志の危険を察知して無意識に力を暴発させた。

貴志という主に会って、自分は背守としての力が増した気がした。だが貴志は自分を束ねない。今後、おそらく同じ危険が迫ったら、自分は力を使ってしまうだろう。形成《なり》は歪み、もうヒトの姿に戻れないかもしれない。

その醜悪な姿を、貴志が正視できるだろうか。

それよりも、自分が貴志様を危険な目に合わせてしまったら……。

暴発した力が、どの程度飛散してしまうのかは自分でもわからない。自我を失って暴走したら、自らの主を見分けることもできないだろう。巻き込んでしまう危険性は充分過ぎるほどある。

力を使うのが怖かった。固喰威の気配を追った、あの程度のことでさえ、自分で自分の身体に戻れなくなりそうだった。背守でありながら、今は背守の力を使うことが何より怖い。

背守でない自分など、何の意味もない。

貴志を護れず、固喰威を討てないなら、他に自分に何が残るというのだろう。

それでも、自分の本性を貴志に受け入れて束ねてもらう自信がなかった。

結論の出せない苦悩に、由良は立ちすくんだ。

◆◆◆

夜――

「秘書……？」

「さしあたっては見習いだ。門脇の後ろについて、雑用を手伝うことから始めればいい」

「……は……い」

ひと揃えのスーツを渡され、由良はリビングでなんとも言えない声で答えた。

帰宅した貴志は、由良に秘書勤務を命じた。社会訓練だという。

実際に服を用意した門脇が安心させるように笑顔で説明する。

「大丈夫ですよ。由良様のこれまでのお暮らし向きは私も存じ上げております。おわかりにならないところは私がお教えしますから」

「はい……」

まだ迷っている由良に、門脇が背中を押す。

「お決めになったのは会長ですが、私もこの案には賛成です。いずれにしても由良様はこれから東京での生活が続くのです。社会の構造や雰囲気にも、慣れていかれるよい方法だと思いますよ」

「そう、ですね」

確かにそのとおりだと由良は思った。自分は、東京ではこのマンションから外に出ることがなかった。本当に嵩叢本宮とこのマンション以外、ほとんど何も知らないのだ。貴志を護るとか、背守としての役目がどうのと言う以前に、現代社会に適応できていない。

神妙な顔になった由良に、貴志がソファに座ったまま軽く言う。

「ジャングルに放り込まれるわけじゃないんだ。何を間違っても命には関わらない。俺としてはキッチンで危なっかしいことをされるよりよっぽどいい」

「貴志様…っ」

「…?」

由良は顔を赤らめ、門脇はそれに不思議そうな顔をする。

貴志がからかった。

「こいつはガスレンジも点けられないんだ。知ってたか？」

「も、もうできます、そんな前の話を……」

「電子レンジにおどろいてたのは誰だ？」

「貴志様」

門脇が微笑ましい、という顔で間に入ってなだめた。

「由良様は斎殿からお出にならないままでお育ちなのですから、事情はご斟酌《しんしゃく》ください」

「お前は知ってたのか」

「炊《かし》き屋《や》…台所は潔斎上近づいてはいけない決まりです。斎殿には電気を通しておりませんから、電化製品はひとつもありません。灯りは油ですし、湯は薪《たきぎ》で焚いております」

「……おそるべきクラシックさだな」

本気で呆れた顔になった貴志に、由良はごそごそと言い訳した。

「でも、子供のときはちゃんと隠れて母屋に行っていましたし、テレビも見たことはあります」

小さな頃は、本宮住まいの嵩叢ゆかりの子供たちや、年の若い出仕と仲良く遊んだ。そう頻繁に外遊びが許されるわけではなかったが、年の近い子供たちに手を引かれて、こっそりと母屋を訪ねるのは、まるで宇宙探検のようだった。

鮮やかに動くテレビ画面、轟音《ごうおん》をあげる掃除機。わけのわからないものが部屋の中にたくさんあって、夢中になり過ぎて見つかったこともある。

自分が関わることのない、不思議な暮らしを覗く楽しい時間だった。

由良は子供の頃を思い出してくすりと微笑った。貴志が、和んだ空気に紛らわせてさりげなく言った。

「まだ久秀の行方もわかっていない。俺のほうに来ればいいが、変に逆恨みされてお前を狙われても困る。ここは手薄だからな、日中財団にいるのは何かと都合がいい」

「貴志様……」

それを心配して……。

「背守だなんていうわけのわからん職業はここでは必要ない。社会でそれなりに生きていく方法を学んでおけ」

貴志はわざわざそっけなく新聞を広げている。

「狭い環境で学んだことだけで、世界を見るんじゃない。固喰威のことも、それなりに調べておく。何が何でも旧来のやり方でお前が背負《しょ》い込む必要はないんだ」

貴志様……。

胸が詰まって言葉が出なかった。やみくもに一族を切り捨てているのではない。ただ、いくつもの価値観や考え方があって、小野の価値観だけに囚われるべきではないと貴志は言っているのだ。

由良はスーツを受け取り、貴志に深く頭を下げた。

「明日から、勤めさせていただきます……どうぞよろしくお願いします」

門脇が少し嬉しそうにそれを見守っていた。


翌朝、支度を整えた由良は、落ち着かない気持ちでリビングに居た。着慣れない服は、あちこちが体にぴったりしていて、なんだか気恥ずかしい。何度もネクタイに触る由良に、家政婦がシンクのほうから笑って言った。

「お似合いですよ。ちゃんと着れていらっしゃいますし、大丈夫」

「そうでしょうか……」

ええ、と穏やかに初老の家政婦は笑った。

「旦那様もご出勤に楽しみが増えましたでしょうね」

「まあな…」

「貴志様」

後ろから貴志の声がして、家政婦が首をすくめた。

由良はまじまじと見る貴志の視線に頬を熱くした。

近づいてこられるのも恥ずかしかった。だが貴志は喉もとに手をかけ、由良のネクタイを整える。

「曲がっている」

「すみませ…ん」

「意外と似合ったな…」

「……」

明るいグレーのスーツに、鶸色《ひわいろ》のネクタイ。見立ては門脇に任せておいたようだった。髪も貴志が切るなというのでそのままにしている。

視線に羞恥して由良が目を逸らすと、貴志が面白がってたたみかけるように言った。

「和服より脱がせ甲斐がある……」

「貴志様っ……」

家政婦のいる場所で……と由良は言葉にできないまま赤面した。家政婦は聞こえなかったのか聞かないふりをしてくれたのか、何も反応しなかった。

戸惑いながら、由良は迎えに来た門脇とともに、初めて社会人として勤めに出た。

◆◆◆

コピー機のソーターに次々と紙が送られ、由良はその騒音を聞きながら窓の外を見た。

どこまでも続くビルの群れ。あいまいに霞む東京の空は、なんだか遠都川より低い気がする。

「……」

手順を教わりさえすれば、仕事はそう難しくはなかった。

見たこともないOA機器も、たいていはパネル操作ででき、後は勝手にやってくれる。人工的で無駄のないオフィス、風の通らない嵌めたままの窓、刻々と情報が集められ、電子化され、隙間なく人が処理していく。由良はまるで異世界に来た気がした。

ここにいると、何もかもまるで嘘みたいに現実感がなくなる。

固喰威…。小野一族があれほど心血《しんけつ》を注いで封じたものが闇から漏れ出しても、貴志のいる日常は少しも変わらず平和だ。社会はいつもどおり動き続けているし、科学的に立証できないものを、ここにいる小野以外の人間に話しても、信じてはもらえないだろう。どうかすると、見えぬものに恐れおののいている自分たちのほうが、迷信に惑わされているのではないかという気になってくる。

だが固喰威は間違いなく増える。櫂の体から這い出たものの行方を、少しでも早く追わなくてはいけない。

でも……。

嵩叢宗主の伝言は重く響いた。自分を背守にしてくれと訴えた以上、固喰威討伐の成否は、自分にかかっている。自分が、貴志を動かさなくてはならない。

早く貴志様に言わなくては……。

自分が固喰威を討つと願い出るのだ。見るもおぞましい姿になるかもしれないが、束ねてくれと、貴志に頼むしかない。そして本当に自分が獣としての本性を見せたとき、それでも貴志は自分を変わらず想ってくれるだろうか……。

そんな醜い姿が自分の本性だと、貴志は認められるだろうか。

一度そうなってしまったら、自分では止められない。貴志が束ねてくれるか、暴走した自分を始末してくれない限り、自分は我を忘れた、ただの獣になるだろう。

獣に変じるときは、最後のときだ。受け入れてもらえない場合も始末された場合も含めて、二度と貴志には会えないと覚悟を決めておかなくてはいけない。

だが自分に、そんな覚悟ができるだろうか。

苦悩に沈んでいた由良は、背筋にぞわりと粟立つ感覚がして我に返った。ふいに周りの空気が歪んだような気がして、慌ててあたりを見回す。

「……？」

オフィスは先ほどと寸分変わらない。会長室のあるフロアはもともと人が少なく、エレベーターホールを挟んで左翼に会長室、右翼に役員室と役員秘書室、会議室、応接室がある。立ち歩く者はほとんど階下から出入りしてくる幹部か秘書たちだ。ソーターのあるコピー機は右翼にしかないので、由良はそちらに遠征していた。右翼の気配はいつもと変わらない。

気のせいか？

じっとあたりの気配に意識を澄ましたが、先ほど感じた、濁ったような感触はもうなかった。由良はそろそろともう一度周囲を見回して息を吐いた。本当に、ただ過敏になっていただけなのかもしれない。

出来上がったコピーの束を手に、由良は会長室のほうへ戻った。

エレベーター前のフロアは板張りで、窓側は床から天井まで一面が大きなガラスになっている。

午後の強い日差しを避けるために、窓側にはアイボリーの布製ブラインドが半分ほど下ろされていた。由良は、会長室に近づくごとに感じる、磁石の対極のような反発感に眉をひそめた。

……おかしい…。

心が逸る。何か、とてつもなく「よくないもの」が居ると、自分の中の何かが教えていた。

由良は衝かれたようにばさりと紙束を取り落とし、会長室の扉を開いた。扉一枚で遮られていた、ざわざわする悪寒のような感覚と、部屋にいる人物に驚いて声をあげた。

「保科様…！」

久秀の姿があった。

◆◆◆

「来るんじゃない！　由良！」

「貴志様…」

貴志の鋭い語気に圧《お》されて、由良は足を止めた。貴志が会長室の一番奥にある椅子に座ったまま、机を挟んで立っている久秀と対峙している。

「そこに居ろ」

「ひどいな…危険人物扱いですか……」

皮肉そうに笑った久秀は、どこか覚悟を決めた目をしている。

最愛の弟を失って失踪し、もう失うものなどないだろう。今の久秀には、何をするかわからない危うさが感じられた。

貴志が表情を変えず、睨み合ったまま由良を庇うように言った。

「言いたいことがあるなら俺に言え。あれは関係ない」

「関係なくはないでしょう。由良殿はあなたの背守だ」

久秀が薄く笑いを浮かべる。

久秀は黒い細身のスーツ姿だった。余裕を見せるように笑みを浮かべてはいるが、削げた頬には影ができ、顔色が悪いのは明らかだ。

「保科様、どうぞおかけください。お話があるのでしたら承《うけたまわ》ります」

久秀よりも出口側、由良に近い場所にいた門脇が声をかける。言いながらじりじりと下がり、貴志の代わりに由良を庇うような位置を取った。

「……残念ながら時間がないんだ」

「櫂のことか」

貴志が単刀直入に切り出した。だが久秀がそれに、少し疲れたような笑みで返した。

「終わったことだ。恨み言ならいくらでも言いたいが、もういい」

久秀が由良のほうを向いて言う。

「貴方のせいで櫂が助からなかったのだとは思わない。だが、最初から貴方が彼の背守だったら……もしあの場所に居たのが貴方だったら、櫂は死なずに済んだかもしれない……」

「……保科様」

由良は責めを受けるように黙った。

取り沙汰しても仕方のない過去を、それでも久秀は、その「もしも」を言わずにはいられないのだろうと由良は思った。もしも櫂が背守として本宮へ上がらなかったら、久秀は弟を失わなくても済んだかもしれないのだ。

「……申し訳……ございません」

「すまないと思ったら、頼まれてくれ」

「……え？」

ゆっくりと由良のほうへ向きだした久秀に、貴志が立ち上がって追う。

「何が望みだ……」

だが久秀はもう貴志のほうを見ようとはしなかった。何かをこらえるように、抑えた様子で由良のほうへと向かう。

「間に合ってよかった。きっと貴方は会長の傍にいるはずだと思っていたんだ」

「久秀！」

「保科様…なにを」

久秀が無理に笑ったまま、苦しそうに胸を押さえた。

「俺を斬ってくれ……」

声が詰まってきているのに、眉を寄せ、久秀は強がるように笑う。

「体内《なか》に固喰威がいるんだ……殺《や》るなら今しかない」

「保科様っ！」

「久秀！」

駈け寄ろうとした貴志を、久秀がぎこちなく腕を振り回して払った。

「近寄らないでくれ！　アンタに借りは作りたくない」

「馬鹿か？　何の寝言だ！」

「俺は他所《よそ》でのうのうと育ってきて、なんの苦労もなく当主面《づら》をするアンタが嫌いだ」

「今さらお前の機嫌なんか取る気はないぞ」

「それでも、アンタは小野家の当主だ」

久秀が苦しそうに貴志のほうへ向き直る。櫂に少し似ている、気の強そうな強い目が皮肉に笑った。

「俺は…保科家の者として、どんなにアンタを気に入らなくても、当主を危険にさらすことはできないんだ。アンタの助けは借りない」

「……そんなことにこだわってる場合か」

「そう言うなよ……これが俺のプライドなんだ。少しは遠慮してくれ」

笑いに紛らわすようにして久秀が言い、由良はかける言葉もなく久秀を見た。

「自分が動けるうちに、貴方に始末してもらおうと思ってた。頼む…」

「保科様…」

「殺してくれ……ぐずぐずと櫂に這入《はい》られたのを黙っていたのは俺だ。責任はとる…俺ごと斬れば固喰威は広がらない」

「…そんな」

由良は泣きそうな顔になって頭を振った。今ここで、生きている人間を自分の手で殺すことなど、考えられなかった。

久秀が苦痛に顔を歪めたまま説得した。

「俺も、そうやって殺せなかった。櫂に這入《はい》られたのがわかっていたのに、言えば始末されるのがわかるから、黙って嵩叢に背守としてあげた」

貴志の声が問いかける。

「だから背守受けにこだわったんだな？」

「どうにもならないとわかってた。どんな古文書《こもんじょ》を調べても、這入られた人間を救う方法はなかった」

なのに理屈に合わない期待をしていたと久秀は自嘲した。

「ただの逆恨みだ。むしろ固喰威つきの背守なんか受けさせたら、保科は末代まで逆賊扱いになる。あんたに突っ撥《ぱ》ねてもらったのは幸いだったな」

「馬鹿正直に言う必要はない。黙っておけ」

久秀が苦しげに笑う。

「……助かる…これでチャラにしておいてくれ」

由良は自分から、もう歩けそうにない久秀のほうへ近づいた。

久秀も櫂のように背守が出る家系だから、まるっきり力がないわけではないのだろう。固喰威の気配がしなかったのは、久秀が必死で殻の中に巣食う固喰威を外へ出すまいとしているからなのだ。だがそれももう限界に来ている。確かに、固喰威を討つなら今しかなかった。

近寄ると、久秀がどれだけ耐えているかわかる。皮膚は蠟のように固まりかけ、室内の明かりを白く反射していた。固化が進んでいるのだ。久秀の眼が、最後の矜持を保って訴えた。

「俺は保科の人間として、責任をもって身を処したい。貴方も背守なら、介錯《かいしゃく》は役目だと思って請けてくれ」

由良は頷いた。久秀はそれを確認して、ようやく張りつかせた笑みを崩した。

「財団内なら、事件性があっても揉み消せる。悪いがもうあちこち遠出する余力はないんだ…」

「わかりました…」

「由良！」

由良は貴志のほうを振り向いて一瞬見つめた。どうぞ、お許しください……そう言葉にすることなく、由良は貴志にこいねがった。貴志のもっとも望んでくれたもの、自分が自分でいること、傍にいることが叶わなくなる。

由良が覚悟を決めた。

「お願いがございます。当代様……」


「由良様……」

「門脇様…いつぞやのお願い事は、お聞き入れくださいますね」

「……はい」

大丈夫だ。万が一のときは、門脇ができるだけのことをしてくれる。

「由良、お前」

「貴志様、一度だけでけっこうです、当代様としての力をお使いください」

由良の声は清冽な強さを放っていた。

ここにいるのは、穏やかな背守でもなければ、貴志の後ろで震えているか弱い存在でもない。ヒトでもなく、獣でもない生き物……。背守そのものの貌だった。

「ここには剣がございません。ですから固喰威は私が仕留めます。束ねがなくともそれはできます。ですが、その後おそらく私は自我を失うでしょう。自分で制御しきれるかどうかわかりません」

神聖を保った、男女どちらとも言えない貌が主を見る。

「もし、私が元の姿に戻れなかったら、そのときはどうぞ当代様の手で、私の始末を」

どうやって、とは由良は言わなかった。

「当代様しかできません。どうぞお約束ください」

「……由良」

「私の、最後のお願いです。どうぞ…」

ピシッと乾いた音がした。弾かれたように由良が振り向く。

すでに久秀は声がなかった。不自然に立ったまま、その背からは、抑え込まれていた固喰威が這い出そうとしている。由良が貴志と久秀の間に、庇うように両手を広げた。

「門脇様、当代様を！」

「は…っ」

とっさに門脇が走り寄った。渾身《こんしん》の力で貴志を後ろへ押し退ける。ビシャ、と半分溶けた内臓片が久秀の割れた背から湧き出した。まだ完全に喰い尽くされていない内臓が、形の見えない固喰威の実体を縁取るように見せた。

「離れて！」

閃光が走り、金色の塊が、湧き出す内臓の塊に牙を立てた。

◆◆◆

肉を喰い千切る鈍い音が響いた。獣の唸《うな》り声が響き、会長室は戦慄するほど酷《むご》い光景になっている。

貴志はそれを立ち尽くして見ていた。門脇も、呆然と目の前の惨劇を見ている。

牙を剝き、爪を食い込ませ、喉を唸らせて黄金色の毛並みの獣が固喰威に襲いかかる……。

その光景は自分のどんな想像よりも壮絶だった。見えるはずのない固喰威の姿は、まだ消化しきっていない久秀の内臓に血塗られて、輪郭があらわになっている。

背守の変じた獣は、嚙み切った肉片と血を滴らせ、まだ血に飢えたように固喰威をズタズタに引き裂き続けていた。虎《とら》や豹《ひょう》の大きさの前肢が、殻と化した久秀の体を粉々に踏み潰し、なおも猛《たけ》った牙が殻の内側を砕く。

束ねのない背守がどうなってしまうのかを、貴志は初めて理解した。

本性を失い、襲ってもなお鎮《しず》まらない獰猛《どうもう》な本能に振り回された獣。

由良が恐れていたのは、こういうことだったのだ。由良は自分がどんな姿になるかわかっていた。

わかっていて、敢えて自分に束ねを強制することなく、ただ最後に自分が暴走したら殺すことで止め

てくれと依願した。

だから、当主は束ねるのか……。

背守が当主とどんなに魂を近く寄せ合うか、貴志にも嫌というほどわかる。

だからこそ耐えられない。自分がコントロールすることを引き受けてやらなければ、背守はみるみる自我を失って、目の前の姿になるのだ。

背守を、由良を束ねればこの先もこうやって固喰威を討つだろう、やはり同じようにあの穏やかな由良を血の海へ放り込むような真似をしなければならない。だが、こうやってひとりで行かせることはもうできなかった。

もう二度と離さないと約束したのだ。貴志は由良の姿を見据えた。

「由良……！」

（来い……）

やり方などわかるわけがなかった。だがそうしたいという強い意志を持つだけで、身体が本能や反射神経で動くように、何も考えなくても勝手に意識が広がっていくのがわかった。

意識の膜のようなものが、獣と化した由良の外側をゆっくり包む。

（こっちだ……）

大きな布で包んで拘束するように、獣と化した由良の四肢が、徐々に縛められていった。猛り狂うような感情の波が膜の中に押さえ込まれ、まるで鋳型《いがた》のように形を造り、それは静かに由良の身体に形成《な》った。

貴志は久秀の遺骸のほうへ近寄り、両手を差し出して由良を受け止める。

「由良……」

貴志が抱きとめたものは、黄金色の、ヒトの形をしていた。

◆◆◆

それから財団内は騒然となった。

内臓が飛び散った会長室は即座に立ち入り禁止とされ、一族内で警察にパイプのある家が事後采配に当たった。ざわめくビル内で、貴志たちは門脇の手でひっそりと御殿山の小野本宅へ移された。

貴志はいまだ黄金色に半分透けたような由良を抱いたまま、離れに入り人払いをかけた。小野の者たちは心得て、母屋で息をひそめている。

由良を寝具へ横たえ、最後までついてきた門脇に貴志が訊ねた。

「お前は由良のこんな状態を見た経験はあるか？」

「いえ……」

「……」

自分が形を縛ったという自覚はあった。強い意識で縛って、由良をヒトの形に戻した。だがそれだけで本当に「束ねた」ことになるのだろうか。

「目を、醒《さ》ますのか…？」

門脇がすまなさそうに答えた。

「私には…なんとも……ただ、医師に診せても、処置はできないかと」

「……だろうな」

「会長……」

「ふたりにしてくれ……」

門脇がその言葉に頷き、立ち上がって部屋を出かけ、立ち止まって貴志に声をかけた。

「ご入り用なものは母屋の者にお申し付けください。財団のほうの処理は、私でやらせていただきます。どうぞ時間は気になさらず、傍についていて差し上げてください」

貴志は振り返って苦笑した。

「悪いな……」

「会長…憶えていらっしゃいますか？　会長が背守を受けないとおっしゃられていた頃、同じように意識のない由良様をここへお連れしました」

「ああ…」

「白状しますと、あの時私は嵩叢の立場で判断しておりました。いずれ由良様の代わりに、別の背守をお受けいただくつもりでした」

門脇は眠る黄金色の背守を見る。

「私は小野家に仕える家の者ですから、背守のことも、小野の力もよく存じ上げているつもりです。それでも、どこかで背守のことを思い違えておりました」

当主さえいれば、背守のほうは替えが利く、そう思っていたと門脇は苦笑気味に言った。

「できるはずがない……当代様の背守に、由良様以外の代わりはおりません」

「どうしてそう思うんだ？」

門脇の家系では、力を得る者は出ないと由良から聞いている。その力を判別することができないのに、何の確信があって門脇はそう思ったのだろう。

「由良様が会長を追って、嵩叢から出奔されたときに、おふたりの絆が私にも見えた気がしました」

確かに、あのときから門脇はどこかが変わった。

「会長は突然車内から出られた。私には何も見えなかったし、何も聞こえなかったのに、追いかけた先にはおふたりの姿がありました」

伝えあう方法もないのに、どうして同じタイミングで互いを見つけられるのか…そう門脇が言った。

「私のほうが、いつか会長に伺いたかったことです」

「宗旨替えした理由はそれか…」

「はい…」

穏やかに門脇が頷く。

「今回も、何も根拠はないんです。でも、当代様が由良様を必要とされている以上、由良様は必ずお戻りになる気がしております」

貴志が笑った。

「俺もだいぶ感化されてきたな。お前の言うことがもっともらしく聞こえる」

貴志も門脇も、穏やかに由良を見つめて微笑った。何故だか、本当にそんな気がした。

何日でもここにおいでください、そう言って門脇は部屋を辞した。

◆◆◆

貴志は、意識なく目を閉じたままの由良にずっと付き添っていた。

夜半になって、うっすらと光を放っていた身体は白く収まり始め、今は闇に微かに浮いて見える程度だ。

もう時計は二時を指していた。さしかかる月がゆっくりと低い位置で弧を描き、銀色に光を放っている。貴志はそれを障子越しに見て、立ち上がって中庭に続く障子を開けた。

月光が差し込み、畳に青い影を伸ばす。月の光に照らされた由良はまだ目を開けない。

「……」

戻ってくるという根拠のない確信と、もしかしたら、このまま永遠に戻らないかもしれない、という予感があった。貴志は心中でその相剋《そうこく》するふたつの未来を冷静に受け止めていた。

驚くほど心は平静だった。どちらの結果だったとしても、迷いはない。

貴志はそっと由良の乱れた髪を梳いて整える。もし、このまま二度と覚醒《めざ》めることのない、ただの形になってしまっても、自分は決して由良を手放さないだろう。

もし本性を失ったまま、二度とあの穏やかな由良に会えなくても、自分はこの背守を抱えたまま生きていく。

「ふたりで暮らせばいい……」

貴志は由良を見下ろしながら小さく呟いた。あのマンションで、一生自分が世話をして暮らせばいい。それも悪くない、と貴志は苦く笑った。

本性を保てなくなる危険を承知で、由良は背守としての責任を果たしたのだ。その労に報い、残りの人生を当主が庇護《ひご》することには、誰も異を唱えないだろう。

由良はあの獰猛な獣と同じものだとは思えないほど、美しい貌をして目を閉じている。なめらかな白い頬に、つ、と指をなぞらせ、貴志は語りかけた。

「お前ひとりに負わせると、俺がいつ言ったんだ？」

由良のために固喰威討伐を退けていた。もっと犠牲を払わない、別な方法がないかを模索していた。あんな姿になると知らなくても、どうあっても由良を出さないつもりだった。でも、ひとりで討たせることがこんな結果になるのなら、束ねることを最初から拒んだりはしなかっただろう。

「……」

全ては後からの言い訳でしかない。護ってやると約束しておきながら、由良をこんな姿にした。誰よりも許せないのは、自分自身だ。

貴志が意識のないままの由良を抱き上げた。

この身体に魂が戻るのなら、どんなことでもしてやりたい。

「由良……戻ってきてくれ……」

抱きしめると、青白い身体がほのかに温度を持つ。貴志は凍死しかけている人間を温めるように、由良をくるんで抱いた。

わずかに心音が伝わる。

由良……。

肌を触れ合わせると、見ていてはわからなかった、由良の気配を微かに感じた。この形の中に、確かに由良の魂がある。

鎖骨から下へそっと手を置くと、心音とともに小さな熱を掌が受け止める。

まるで、魂が小さな球になって由良の中で眠っているような気がした。

胎児がそうするように、手足を縮め、丸まって生まれる前の長い夢を見ている……。そんな感覚に、貴志は苦笑した。

門脇に影響されたか……？

そう自分が感じるだけで、確固とした理由があるわけではなかった。だが貴志は由良の中に囁くように語りかけた。

「戻ってこい……」

体温を移すように唇を押し当てた。力の抜けた肢体を抱き直し、ゆっくりとその肌に触れていく。

(由良………)

由良の腕が、微細に動いた。


「……」

「由良……」

由良の目が開いた。表情はぼんやりとして、まだ半分くらいしか覚醒《めざ》めていないように見える。

貴志は焦点の定まらないガラス玉のような瞳の由良に頬摺《ほおず》りした。

愛おしくてならなかった。由良は生きて、呼吸している。それだけで、たまらない気持ちになった。

貴志は抱きしめられても反応しない由良の額や頬を、そっと唇でなぞった。

やわらかくて、温かい……。

「由良…」

そっと吸いあげるように唇を重ねると、ぴくりと由良の手が動いた。

なんの刺激かわからないのだろう、由良は人形のように表情がない。

貴志はゆるく開いた唇をこじあけ、舌を求めて吸い上げた。生々しい舌の感触がして、擦り合わせるようにすると、ピクピクと由良の脚が攣れたように反応する。貴志は由良を横抱きにして、膝に乗せるようにかかえた。

背をさすり、漆黒に変わった髪を梳き、ただ愛しいと思うに任せて愛撫する。由良は表情を失って視線を宙に彷徨わせたまま、身体に受ける刺激に何かを思い出そうとするかのように細かに動いた。

ぴくん、と手が半端に上がりかけて貴志の腕に触れる。初めて触れたもののように、由良の手が不思議そうに腕をなぞった。

貴志はその手に口づけた。

なんだろう、というように由良の焦点が定まって、唇が触れたほうを見る。

「……」

呟きとも呼吸ともとれないほど小さな声がした。小さく喉から出た声に、貴志が由良を胸に抱き寄せる。胸を押され、呼吸が声になって漏れた。

「…ぁ……」

「由良…」

貴志は意思を持ち始めた由良の身体のあちこちを撫で、まさぐった。由良の中で、戻ってくる道しるべを見つけたかのように貴志の手に反応し始める。細い、高い吐息が喉から溢れた。

「……ぁ……っ……」

眠っていた自我を呼び戻そうとするにつれて、由良の喉が苦しげに詰まった。貴志には、感覚を共有してそれが理解できる。

「苦しいか……吐き出せないんだな？」

闇に属する固喰威を喰い破り、溜まったどす黒い澱《おり》のようなものが、由良の中にある。貴志は感覚でそれを理解して身内から出したがる由良の動きを助けた。

深く口づけ、喉を上向かせ、吸い上げるように道筋をつける。

「…っん……っ………は…」

しなる背を抱き寄せて、由良の腰骨を摑んだ。夜目にも真っ白な由良の裸身が、ビクリとそれに揺れた。貴志はヒクヒクと反応し始め、無意識に由良が触れようとしている場所に指を絡めた。

「ぁ……」

勃ちかけたものを握られ、腕で抱えた由良が頭を仰け反らせた。まだはっきり自我が戻らないのか、目を見開いたまま、爛らすような刺激に喘いでいる。

先端を指の腹で焦らし、擦りあげるように上下させる。由良が耐えられないように貴志の腕を摑んできた。貴志はその手をどけないまま、由良がすべて吐き出せるまでやめない。

「あ……ああっ、あっ……っあ……っ！」

激しく息を吐き、飛沫を飛び散らせた由良の身体は、どくどくと血流が早くなった。

水に溺れた者が息を吹き返す様に似ていた。大きく呼吸した由良は、身体の中を酸素がめぐるように〝気〟が流れ始め、よどんだ澱が吐き出されていく。体内で気が循環し、表層に意識がのぼってくるのが貴志にもわかった。

見開かれた由良の目が、貴志の顔を捉えて認めて、止まる。

そのとき胸を満たした感情がなんだか、貴志にはわからなかった。ただ、由良が自分を見つめて、認識したことに不思議な感懐を覚えていた。

欠けていた半身を取り戻したような、既視感《デジャヴ》にも似たもの……。

由良がどんな形になっても、自分はきっとこうして由良を見つけて愛するだろう。

「戻れたのか……？　由良」

横抱きのまま見下ろすと、由良が掠れた声を出した。

「貴志…さ、ま」

「由良」

由良の声に貴志は頰を寄せ、耳朶に軽く歯を当てるように嚙んで囁いた。

「勝手にひとりで死ぬつもりだったな？」

「…っ…ん」

耳もとの刺激にぞくりとしたのか、由良が肩をすくませて目を瞑った。高志は意地の悪い悪戯のように由良を抱き込んだまま、指で胸の粒をつまみ、喉元を舐めあげ、由良の快感を翻弄した。

「一生俺が手放さないと言っただろう。勝手な真似をした罰だ」

もっともらしく名目をつけて、貴志は由良を抱いた。

由良が戻ってきた安堵感と愛おしさと、心配させられた反動とで、もう抑えられなかった。由良の身体がめちゃくちゃになるほど愛したい。

「っあ…あ、んっ……あ…あぁっ！」

ぐちゅ、と指で由良の中を掻き回す。由良は腰を浮かせて喘いだが、貴志は抱き込んだまままそれを許さなかった。灼け爛れるような愉悦が腰に広がるのに、動くことができない。

逃がせない快感に、由良が甘い苦痛の声をこぼした。

由良の感覚が貴志にもダイレクトにシンクロした。内襞を蠢めかせ、焦れてヒクついた由良の感覚に、貴志も耐えかねて、熱で滾《たぎ》ったものをねじ入れた。由良が悲鳴のような声をあげる。

「アア……ッ！」

向かい合わせの座位で抱き、貴志は由良の胴を摑んで深く引き寄せた。

内壁をえぐり出すような快感と、擦れてじんじんと広がるたまらない刺激と、互いが同時に受け取ってしまう感覚に、貴志は止められなくて由良の身体を激しく揺さぶった。由良が、背をしならせてその愉悦に声をあげる。

何も考えられなかった。魂と体が互いを求めて、言葉もなく抱き合う。

「っあ、あ、ああっ……は……あ、ぅ……あ」

「っ……」

由良の中で白いものが放たれた。だが頂点に達したままその熱は収まらず、ぐちゅぐちゅと淫靡《いんび》な音を立てて、上下するたびに溢れて内腿を伝い落ちた。切なげに目を瞑って喘ぐ由良の声と、熱い息が猛る情欲に火を注ぐ。

強すぎる快楽に息もつけない由良を、追い上げるように激しく突き上げた。

「あっ…アッ、ア…は……ぁん、んっ、んっ…ぁ」

「由良……」

何度抱いても収まらなかった。由良の中を突き上げ、極みに悶えさせてもまだ由良が欲しい。ぐちゃぐちゃに溶け合ってしまいたいような、果てのない欲望のままに、貴志は由良を離さなかった。

月が、ゆっくりと空の端に傾いていった。

◆◆◆

早朝の空気がさやさやと部屋に流れ込んできた。松や紅葉《もみじ》が植えられた庭から、鳥の鳴く声がする。

由良は額に風が通った気がして、目を開けた。

貴志が自分を見下ろしている。

「……貴志…様」

「起きたか」

みるみる顔を赤らめて、由良は起き上がろうとした。貴志に抱きかかえられて眠っていたらしく、自分をかかえた貴志も裸なら、抱かれている自分も何も着ていない。

「急に動くな。危ない」

「…っ…で、も」

「少しじっとしてろ……」

「……」

「……」

貴志は柱に寄りかかるようにして座っていた。自分を抱いたまま、どうやら庭を眺めていたらしかった。だが由良のほうは恥ずかしくていたたまれない。大人しく従いながら、身体を覆うものだけでもどうにかできないかと、頬を熱くしたまま視線を巡らせた。

貴志が苦笑して、上掛けを引き寄せて渡してくれた。

「……すみません」

貴志が黙って笑い、立ち上がって着替え始めた。由良はそれを上掛けにくるまって、そっと見る。

あれから、何がどうなったんだろう……。

昼間に会長室に飛び込んでからの記憶がところどころ飛んでいる。今が朝なら、最短でも翌日になっているということだ。

久秀が死んだ。最後に、自分は介錯を引き受けた。

背守として、自分が自分でいられる最後だと思った。貴志への思慕も、何もかも考えることはなかった。ただ、自分の中にある使命感のようなものに引っ張られて、力を使った気がする。

その後のことは、まるで時間が切れたようにこの瞬間に続いていた。

きっと、いろんなことがあったはずだ……。

ここは東京の小野本宅だ。マンションではないのだから、きっと自分はまた形成を崩したのだろう。

固喰威は仕留められたのだろうか。

久秀は……。

貴志は何も言わなかった。何もなかった日常の、何でもない昨日の続きのように静かだ。

すっかりスーツに着替えた貴志が言った。

「無事に戻れたのなら行くか」

「……どちらへ」

「嵩叢だ…」

「え？　……なぜ」

由良は思わず問い返した。貴志は何でもないことのように言った。

「背守受けにだ」

「……！」

声にならなかった。あまりにも静かに貴志が言うから、意味が取れなくなりそうだった。

背守受けをなさる…。

由良は目の前の当主を見上げた。貴志は、深く静かな目をしている。

小野家当代様として、本当に立たれたんだ……。

久秀の壮絶なまでの最後を、あのときに見た。誰もが必死で小野の血を護ろうとしている。その頂点に立つ者として、貴志は一族の全てを受け入れる気になったのだ。

…私の役目は終わったんだ……。

貴志が正式に背守を受ければ、一族は今度こそこの年若い当主に、心から従うだろう。また固喰威が漏れ出すようなことがあっても、貴志は新しい背守を束ねることができる。

己のおぞましい姿が、少しでも貴志の決意を促したのなら本望《ほんもう》だと由良は思った。

全てをなげうつ覚悟で〝力〟を使った。悔いはない。

貴志が背守を受ける……。ギリギリと心臓を締め付けるような痛みも、きっと後少しだけがまんすればいいのだから耐えられる、と由良は思った。貴志が背守を受けて、もう身辺に心配がなくなったら、自分はいつでも去れるし、いつでも死ねる。

（辛くはない……）

貴志自身が決めたことなら、どんな決定も受け止められた。嵩叢や宮司たちが引き離すのではない、貴志がそう決めたのだ。だから、自分は従える。

「お前も早く支度をしろ。出られないだろう」

「え……」

貴志がぽんっと単衣を投げて寄越した。由良は慌てて手を伸ばしてそれを受け取って言った。

「私は、後で…」

目の前で着替えるのは少し恥ずかしい。だが貴志は当たり前のように言う。

「何言ってるんだ。肝心のお前がいなくては話にならないだろう」

「え……?」

戸惑って手を止めている由良に、貴志が焦れたように上掛けを引っ張って着物を着せ掛けてしまった。急かされるように腕や襟を取られ、由良はどう反応していいかわからない。

「あ……あの……」

「他人事《ひとごと》みたいな顔をするな、基本的には俺が言うが、お前も宮司たちがああだこうだ言っても怯むなよ」

「な……」

「正式にお前を受ける。お前が背守だと一族に納得させて、その上で東京に引き取る。必要なら久秀のことも持ち出すし、門脇にも口添えを頼む」

「貴志様……」

私を、お受けになる……？

気が動転して、頭がよく回らなかった。貴志は、いったい何をどうしようというのだろう。

「で、でも……」

「お前が、仁志の背守だと思われていても、事実はそうじゃないだろう？」

「でも、皆様にはおわかりにはなりません」

「門脇は納得したぞ」

「……」

「門脇には力は〝視えない〟んだろう？」

由良は頷いた。

「そんなものが見えなくても、門脇はお前が俺の背守だと納得した。俺は確かにお前を束ねた。お前は確かに俺を庇って力を使った。宮司たちもそれを見てる。どうして誰にもわからないと決め付けるんだ？　契誓が目には見えないから信じられないと、嵩叢で育ったお前が言うのか？」

「でも、こんな例のないことを……」

皆が納得できるだろうか。

「一番最初にやる人間に〝前例〟はない。契誓が誰の目にも映えないというのなら、儀式をやって目に見えるようにすればいい。固喰威だってちゃんとお前が討ったんだ。誰にも文句は言わせない」

「貴志様…」

「背守受けもやる、背守もいる、固喰威討伐だってやってやろうというんだ。こんな聞き分けのいい当主にこれ以上なんの文句がある」

最後は憤慨して言う貴志に、由良はなんだか可笑しくて微笑った。まるでやんちゃな若様の言い分だ。あの老人たちがそんなにすんなり納得するわけがない。自分の背守受けだけではない。本宮を離れる背守など、聞いたことがない。きっとふたり揃って嵩叢へ行ったところで、相当な悶着《もんちゃく》になるだろう。思いどおりの結果にはならないかもしれない。それでも、なんだか嬉しくて笑みがこぼれていく。

貴志は自分を連れて行ってくれるのだ。正式に、一族の前で堂々と背守だと宣言しようとしてくれている。

幸福感で心がはしゃいだ。起こるであろう揉め事の数々など、どこかへ消えそうなほど嬉しい。

貴志の手が、肩を摑んで引き寄せた。

「お前のことは俺が束ねる。もう二度と、勝手な真似は許さないからな」

「貴志様……」

キスできそうなほど顔を近づけ、貴志が顔をしかめて言った。

「どれだけ大変だったと思ってる。自分だけのほほんと起きやがって…」

「す……すみません」

ふ、と貴志の目が和んだ。

「これからは俺が制御するからな、あんな姿にはならないだろうが」

由良が申し訳なさそうに貴志を見た。本当に、どんな姿を見せてしまったのだろう。

「あの、そんなに……ご迷惑を……」

「ああ大変だった。脱がしても抱いても反応なしだなんて、俺がどれだけ慌てたと思う」

「…あ……の」

「覚えてないいんだろう?」

こくり、と由良は顔を赤くして頷く。確かにさっきは裸だった。何があったのかは想像がつくが、していたことはよく覚えていない。

貴志が由良の顔を覗き込むように笑った。

「腰がだるくても俺だけのせいにするなよ。半分はお前の責任だ」

「え……」

「本当に大変だった」

意味深に貴志が言う。からかわれている気がするが、由良にはどう判別していいかわからない。

「あ、あの、本当のことをおっしゃってください」

「本当のことだ」

「貴志様……」

狼狽する由良に、貴志が穏やかな目に戻って頭を撫でる。

「もし次にお前を使うことがあっても、俺がちゃんと束ねてやる。もう心配しなくてもいい」

「貴志様」

唇が額に押し付けられる。熱い粘膜の感触に、由良はくらくらして目を閉じた。

◆◆◆

ふたりが揃って遠都川に赴いたのは翌週だった。

事前に本宮との調整してくれた門脇を従えて、貴志と由良は嵩叢本宮の敷地へ入った。

出仕の者が出迎え、言葉少なく一礼して案内する。

「こちらでございます」

門脇の後に、遅れて貴志と由良が続いた。

冷ややかな出仕の視線に、由良はそっと貴志の後ろで顔を下げた。無意識に、本宮を出奔したことに罪の意識を感じている。貴志が前を向いたまま、先導する出仕に聞こえない程度の声で言う。

「顔をあげろ」

そっと貴志の手が後ろへ伸ばされて手を握ってくれた。

「お前は背守としての務めを果たした。誰に恥じることもない。堂々とここへ来られる立場なんだ。俯くな」

繋いだ手が、弱気になった自分を励ましている。

「……はい」

やわらかい笑みで貴志が振り向く。

「ハッタリも大事なんだ。〝来させていただく〟ではなく〝来てやった〟ぐらい恩着せがましくしておけ、後は俺がやる」

「貴志様」

肩に入っていた力が抜けていくのがわかる。

大丈夫だ……。

一人ではない、貴志が居るのだ。そして自分もがんばらなくてはいけない。貴志の傍にいるために、自分でその場所を手に入れるために、今から呑まれていてはいけないのだ。

由良は深呼吸して斎殿横にある離れに入った。


口火を切ったのは貴志だった。

宮司と嵩叢宗主、門脇の配慮で、小野家後見《こうけん》の任を受けている高遠《たかとお》という男が場に並び、長テーブルを挟んで由良と貴志が並んで端座した。その斜め後ろに門脇が控えている。

「まず、俺の認識不足があったことは認める。教えられていなかったとはいえ、小野と嵩叢が護ってきたものを、自分の独断で無視したことについては謝罪する」

「当代様……」

貴志は静かな口調で一族の重鎮に対峙していた。

「今後も、何でもそちらの言い分を丸呑みにするとは言わないが、納得できる分には当主として慣例をむやみに捨てるような真似はしない。知らない部分についてはおいおい学んでいくし、それについてはそちらの力も借りていきたいと考えている」

貴志は老人たちを見渡した。必要であれば非を認めるのは何ということでもなかった。無理に虚勢を張っても意味はない。

「その上で、改めて由良の背守受けをする」

「な……」

「当代様…」

低姿勢な切り出しに気を緩めていた宮司が驚いて目を剝いた。だが貴志は淡々と続けた。

「無論、正式に受けた後はこれまでどおり東京で暮らすことになる」

「……そ、それは承服《しょうふく》いたしかねます、当代様」

宮司は息を呑み込みそうになりながら言った。ようやっと自分の意が通ったとしたり顔になった分、宮司は言葉もつっかえ気味だ。

「確かに由良殿のお力は我々も頼みといたしました。しかし由良殿は先代様の背守。ご執着はわかりますが、承知するわけにはまいりません」

「由良は仁志とは契誓していない。仁志の背守ではないんだ」

「なんですと」

「それすらわからなかった者に、背守の資格を云々できるのか?」

「当代様っ」

興奮した宮司が席を立たんばかりに腰を浮かせた。宮司を抑えるように、嵩叢宗主が穏やかな声で遮った。

「当代様にはそれがおわかりですか? 先代様は確かに背守受けをなさいましたが?」

「当たり前だ。当人だぞ」

宗主はその言動を判断するようにじっと貴志を見ていた。貴志は穏やかに、力強さをたたえた目で見返す。

「俺は仁志より前に由良と契誓を交わしている。嵩叢殿ならわかるのではないか? 背守受けなど所詮儀式でしかない。本当の契誓に、そんなものは必要ない」

由良は事の成り行きを、ただ黙って見守るしかなかった。

正座した膝の上で、握った拳が震えている。それでも貴志の強い気配が自分の周りにあって、どれだけ自分を守ろうとしてくれているのかがわかる。

だから、自分が怯んではいけないのだ。本当に貴志の背守でいたいのなら、誰かがその場所をくれるのを待っていてはいけない。自分たちの居場所は、自分たちで築いていかなくてはいけない。

今は、そのための第一歩だ。

「私が、間違いを犯したのです」

「由良……」

禿頭《とくとう》に茶色の顎鬚《あごひげ》を蓄《たくわ》えた高遠が、何かを思案するように由良を見ていた。由良が告白する。

「私は、ずっとお誓いした方を仁志様だと思っておりました。背守受けの式のときも、特に何も感じていたわけではありません。でもそれが普通なのだと思っておりました」

話し始めた由良に、宮司も座り直してまじまじと見つめている。

由良はどきどきして揺れる声を抑えて話す。

「貴志様に、当代様にお目にかかるまで、契誓とはそのようなものだと思っておりました。目には見えないものですし、背守になる前から、力はそれなりに扱えましたから……」

でも、と由良は続ける。

「〝この方が主君なのだ〟とわかったときに、初めて仁志様との違いに気付きました。背守としてお守りすること、束ねていただくことの意味を、ようやく理解したのです」

「では由良、間違いなくその方がお前の主で、お誓い申し上げた方なのだな？」

「はい」

宗主の言葉に由良はこくりと頷いた。

「し……しかし、すでに仁志様の背守として披露目を済ませておりましたし……」

ずっと黙って聞いていた高遠が発言した。

「契誓の真偽はともかく、一族が二君に仕える背守を納得するかどうかですな。どうでしょう当代様？　我々だけを説得するのは簡単です。だが一族ひとりひとりにこうして説明して歩くわけにはいきません。皆を納得させられるだけの手段はお考えでしょうか？」

「背守受けまでに考えておく」

あっさり言ってのけた貴志の発言に、高遠は面白そうに笑った。

「ではその件についてはお任せいたしましょう。当代様なら秘策をご用意いただけそうですからな。

……に、してもその後背守も東京へ、という話は呑めません。これは我々に従っていただきましょう。これこそ嵩叢の慣例です、破るわけにはまいりません」

貴志は笑いながら、何ということもないというように言う。

「慣例などあてにはならないぞ。背守別預かりなど、戦国時代にできた制度の名残だろうが」

え？

制度の成り立ちなど聞いたことはなかった。いったい貴志はいつ、どうやってそんなことを調べていたのだろう。

「戦場へ連れて行けなかった昔とは事情が違う」

「だからといって当主の我見《がけん》で勝手な前例を作るわけにはまいりませんな。ほんの少しの緩みが、一族の基盤そのものを壊してしまうこともある」

　高遠が言い、嵩叢宗主が続けた。

「背守の仕事は当主の守護だけではありません。平時ならそれだけしかありませんが、ご承知のように今回、固喰威が漏れ出すようなこともありました。この本宮の守護も、立派に背守の役目です」

「その固喰威討伐に、背守と当主を離しておくメリットがないんだ。この地の守護なら、例の山ごと守っているという社守がいるだろう」

「宇治の大殿様のことでしょうか？」

「範囲が山一つから山百個に変わった程度だ、できるんだろう？」

　わざわざ軽く言う貴志に、宗主が苦笑した。

「できますが……」

　貴志の声が現実の厳しさを持って響く。

「固喰威が出れば、それが何処でも背守は力を使うだろう。いざというとき傍にいなければ、俺でも制御することは難しい。当主も背守も、別々に居ては意味がないんだ。形だけ背守制度を受けていたここ数代の当主とは事情が違う」

「当代様……」

「今が平時ではないからこそそう言ってるんだ。別に由良を引き取りたいという方便ではない」

「……」

「それとも、固喰威討伐も本宮で全部引き受けるのか？　俺は財団の運営上、東京を離れられないぞ」

「……」

「……」

言葉に詰まった宗主たちに、貴志は笑いを含めた目で言った。

「俺は小野家当主としての全てを引き受ける。固喰威討伐だのこんな制度だの、初めから聞いていたら絶対帰国しなかったと思うが、今さら騙されたと言う気はない。俺は小野の血を引いているんだ、ちゃんと勤めは果たす」

高遠が少し深い視線で、目を和ませて見ている。

「ただし一人では無理だ。形だけの守りではない、本当の意味で、俺には背守が必要だ。だから共にいることを、一族には了承してもらいたい」

由良が顔を上げた。

「私はかつて仁志様の背守を名乗りました。このような間違いを犯したのは私の責任です。その上ご承知のように、一度ならず宮を出ました。私にそのような資格がないのはわかっております。ですが」

由良の黒い瞳が強い意志を見せた。

「どうぞ当代様にお仕えすることをお許しください」

「……」

宗主も宮司も顔を見合わせたが、返答はできないようだった。高遠が思案するようにしばらく黙り、やがて口を開いた。

「……当代様のおっしゃることはわかりました。由良殿のご事情も含めてです。ですが我々だけでそれを判断することができません。しばらくお時間を頂戴《ちょうだい》できますか？」

「誰に聞くんだ？」

高遠が笑った。

「先ほどおっしゃっていただいた、『宇治様』ですよ」

由良を除けば、もう固喰威と対峙できるほど力のある者は社守しかいないのだと高遠は言って、返答まで数時間の猶予《ゆうよ》を願い出た。

貴志はそれを了承して、結論が出るまで斎殿に引き上げた。

◆◆◆

閉め切った斎殿の中に、貴志と由良がいた。

取り外すことができるものの、基本的に斎殿は四方が壁で窓がないという特殊な構造だった。戸を外せば内側の障子で明かりが採れるが、雨戸のような役目をする外の壁で仕切ってしまうと、中は真っ暗になる。由良たちは常備されている明かりもつけずに、暗闇で寄り添って座った。

互いの息遣いがわかるほどくっついて座る。明かりなどなくてよかった。由良はなんとなく、姿が見えないことでいつもよりずっと貴志に近づけた。まるで犬猫が飼い主に擦り寄るように、無性に貴志の気配を感じたくなる。

「今日中に結論が出るでしょうか……」

「出なかったらここに一泊だな。お前は懐かしいんじゃないか？」

その言葉にくすりと由良が笑った。ずっとここにひとりで寝起きしていた。ここで誰かと一緒に夜を過ごすのが、とても不思議だ。

「貴志様、いつあんなに嵩叢のことをお調べになったのです？」

「ああ、固喰威のことを調べたときにな」

何か、背守を使わずに討伐する方法はないのかと調べていたのだと貴志は言った。

「……まったく、第三者が書いた文献なんてアテにならないと実感したぞ。実際見てみると固喰威も背守もぜんぜん記述と違うんだ」

「どのように……っ……ん」

問う唇が唇で塞がれた。自分がどんな姿だったのか、貴志はどうしても教えない気らしかった。

暗がりで頭と肩が抱き寄せられ、唇を吸う悩ましい音が斎殿に響いた。

抱き合い、求め合って互いの体が密着する。由良が鼻に抜けるような甘い息をこぼした。

「ん……」

唇を離して貴志がひっそり笑う。

「お前、光ってるぞ……」

「……え……？」

蕩けるように恍惚とした表情で由良が目を開けた。髪も肌も、闇に浮かぶように透けて光っている。

慌てて我に返ったが、貴志はまだ笑いを含んだ声だった。

「あ……」

「力が増したんじゃないか？」

「……」

由良は恥ずかしくてならなかった。たかが口づけと抱擁でコントロールが効かないほど興奮してしまったのだ。貴志がなだめるように頭を撫でてくれた。同時に強く制御されて、光の放出はほどなくやんだ。

しばらく黙っていた貴志が考え深く言う。

「俺もそうか……」

「そうですね……以前は力をお使いになっておりませんでした」

貴志も不思議そうだった。由良もそう思う。いったいいつの間に、自分たちはこんなに力を使えるようになったのだろう。

「赤ん坊が歩き始めるようなものかな。あれは勝手に歩けるようになるだろう。力も、一度使うと使えてなかった頃のことなんか思い出せないぐらい自然なことなのかもしれない」

「……そうかもしれません」

由良も自分の力が格段に強くなったのを感じてそう答えた。そして自分にしかわからない変化を思う。

背守が力を持つのは、背守ひとりのせいではないのだ。背守は、束ねとなる主を得て初めてその力の解放の仕方を体で会得《えとく》する。

制御する者の力に感応して、自らの中にある力を引き出す。だから嵩叢の中で、背守は誰よりも強力な力を発揮するのだ。背守になって力を継ぐとは、これを指していたのに、仁志のときにはそれがわからなかった。

ひとりでは、得られることのない力……。

こんなときに実感する。自分たちは、この世界で確かに異質なのだ。だからこそ、互いに共鳴できる相手として捜し求め、邂逅《かいこう》するように巡り合う。

もしまた離れてしまうようなことがあっても、きっとまたお互いを見つけられる。

確信を持って由良が微笑んだ。そのとき、一カ所しかない入り口の向こうで声がした。

「当代様」

「今行く」

貴志は由良を抱えて立たせ、入り口へ行った。入り口番が観音扉《かんのんとびら》を開き、扉の向こうでは高遠を先頭に、先ほどの三人が燭を手に立っていた。

「思ったより早かったな」

「いえ、お待たせいたしまして」

高遠は上品に笑って頭を下げた。高遠は後見として小野の留守居をするので、東京には下向《げこう》しない。披露目の席ぐらいでしか会ったことがなかったが、達観した視点で年若い当主を見守る目は、ほかのどの老人たちより優しい。

「宇治様が本宮の守りをご承諾くださいました。由良殿の下向についてはこれで問題ないでしょう。背守受けの日取りについてはまた追って協議の上選定いたします。ただ、正式な背守受けが済むまでは、由良殿は慣例通り斎殿にお留まりください」

「置いて帰れということか？」

「会うなとは申しません。しきたりどおり、当代様が斎殿をお訪ねになることはできます。ですが、形式上とはいえ、背守受け前に背守が宮を出るというのは無理です。ご斟酌ください」

譲歩できるのはここまで、という高遠の言い分に、貴志が納得した。高遠は詳細を省いてさらりと言ったが、そんなに簡単に背守の下向が認められるはずがない。敢えて言わないものの、許可を取り付けるまでそれなりに悶着があっただろう。

隣にいた嵩叢宗主が口添えした。

「由良は当代様の背守です。本宮でお預かりする以上、必ず無事にお返し申し上げます。どうぞ、ご信頼ください」

宗主が頭を下げると、宮司も黙ってそれに従って頭を下げる。

「わかった。では任せる」

貴志が頷いて、笑みを刷いて由良のほうを振り向いた。

「何かあったら裸足で出て来い、迎えに来てやる」

「貴志様」

前回の仕打ちを暗に言われ、宮司は渋い顔をしたが、貴志は平然と笑ったままだった。

皮肉は言ったものの、貴志は本宮を信頼する証として、由良を預けてみせた。これで、当主と本宮とのぎくしゃくした関係はわずかずつでも良くなるはずだ。

由良も穏やかに微笑んだままだった。どんなに離れていても、もう不安はない。

私たちは大丈夫……。

全幅《ぜんぷく》の信頼をもって、互いが互いに回していた腕をほどいた。

◆◆◆

十月の夜空に、篝火の火の粉がはぜて舞い上がった。

あたりは高く濃紺の夜空が広がり、一列に並ぶ篝火が、長く正殿までの両脇を照らしている。

朱く揺らめく影が、路の両脇に広がった。石畳の周りに敷かれている砂利が、参列者の踏む足で時折音を立てる。

由良はその中央を、白い斎服の宮司たちに先導されて静かに進む。

由良の姿は普段とそう変わらなかった。潔斎用の白い単衣に、白い袴を着け、かつて一度仁志のもとへと歩いた道を、もう一度歩く。

沿道の参列者は、全て一族の代表だった。本来、この儀式には本当に主だった家の当主しか出席できないのだが、今回は貴志の意向で披露目を兼ねているので、参加者の数は格段に増えている。

参列者は沿道の両脇で静かに背守が行くのを見守り、厳《おごそ》かな空気があたりを包む。

人々は、ヒトではない〝背守〟が、主に平伏して誓うのに立ち会う。それは儀式でしかなかったが、参列するものには神聖にして侵すべからざる不二の契誓と映る。

正殿の中央には、海老茶《えびちゃ》の袷と袴姿の貴志が端座していた。由良は静かに拝礼して階段を登り、しきたりにのっとって手をついてその前に進んだ。

この儀式で、主君が口にする言葉はひとつしかない。由良は面を上げ、貴志の手が、顔の上を過ぎるのを見た。

指先が額に触れる。誰一人言葉を発する者のない場で、貴志の声が低く、強く響いた。

「叙《じょ》する……」

由良は目を閉じた。触れられた眉間が、脳の内側へ溶け落ちるように熱い。

貴志の覇気に感応するように、由良はその熱を身内から放した。

大丈夫……。

貴志が揺らぐ自分の形成《なり》を制御してくれる、だから何も不安はなかった。黄金色に光を放つ由良の姿に、儀式中は沈黙を守るはずの参列者がどよめく。

由良は目を開いて、向かい合わせた貴志に目で問いかけた。貴志にどうしてもやれと言われたので、そのとおりにしたが、やはりこれは演出としてやり過ぎなんじゃないかと思う。

だが貴志は知らん顔をして澄ましている。このくらい派手に見せておいたほうがいいというのが貴志の言い分だ。

まあ、確かに皆様はご覧になったことがないのだし……。

力を発したときに形成《なり》が歪んで光るのは、見た目には派手だが実質的には何の意味もない。だが、人体が光るというのは、やはり一般的にはインパクトがあるようだった。一度仁志に仕えた背守を……と難色を示していた老人たちも、圧倒された顔をしたままだ。

仁志様のときも、こんなことはしなかったから……。

日頃、背守がヒトではないと知っている一族の者でも、実際に発光するほど力を発したところを見た者は少なく、みな驚いて目を見開いている。

確かに貴志の言うとおり、これは自分たちが本当に契誓を交わした相手であることを、目で見える形で示したことになるだろう。

背守受けは儀式だ。背守と当主には感応があるからわかるが、周囲には何も見えない。

ちらりと貴志を見ると、無表情に見える貴志の顔が、少し得意気だ。

ほらみろ、俺の言ったとおりだろうと、言われる言葉まで想像できる。由良は自分の表情が貴志にしか見えないのを承知してくすりと微笑んだ。

貴志も、ぼそっと由良にしか聞こえない程度に言った。

「ばかばかしい茶番だ。まだ続くのか？」

「貴志様」

し、と由良が目で制した。貴志が微かに笑った。由良がもう一度拝礼して立ち上がる。そのまま主の斜め後ろに行き、改めて一族に顔を見せる決まりだ。

貴志の気配に包まれているのは、この上ない幸福感だった。この場に居る誰にも、由良の感じる貴志との感応はわからない。それは、当主と背守にしか分かち合えない魂の共鳴だ。

第九十二代小野家当代の背守が、黄金色の光の尾を曳いて主の後ろに並び立った。

寄り添う魂の契誓が、一族に披露目された。


—終—

あとがき

はじめまして、深月《みつき》ハルカと申します。

この度はこの本を手に取っていただいてありがとうございます。

初めて本を出させていただくので、緊張してて あまり面白いあとがきではないかもしれません。図体はでかいんですが、心臓は蚤《のみ》レベルです。

読んでくださる方に、このお話を楽しんでいただけて、出てくる人たちを少しでも好きになってもらえたらうれしいなあと思ってます。


この話の中ではほとんど触れていませんが、貴志《たかし》のご先祖（?）は平安時代に実在した小野《おの》篁《のたかむら》という人です。このひとはちょっと変わった方で、お仕事は今で言えば官僚職。陰《おん》陽師《みょうじ》でもないのに、夜な夜なあの世とこの世を行き来して、昼は内裏、夜は閻《えん》魔《ま》王《おう》に仕えていたという、Wワークサラリーマン疑惑のあった人です（イヤ別に魔界で副業してたっていいんですが）。何故か証言者（↑右大臣）がいたりと、怪しさも百万点。

唐突にそのエピソードがあって、自身の血縁関係もちょっとあやふや……そんなところ

あとがき

に想像を掻きたられたんですが、このお話自体は篁を知っていても知らなくても楽しんでいただけるかと思います。

もちろん由良《ゆら》にも「元祖」がいます。そういう本編に出てこない部分をあれやこれや妄想するのが好きです（やりすぎてよく暴走します）。

暴走と言えば、本当に今回は（も）担当様にはご迷惑をおかけしました。勝手に番外編は書くわ、文も本人もヘタレだわで、さぞ大変だったことと思います。

丁寧にご指導頂いたり、励ましていただいたおかげで、どうにかゴールまで辿りつけた感じです。本当にすみません＆ありがとうございました。

そして美しい貴志と由良を描いて下さった笹生《ささお》コーイチ先生に、心から感謝申し上げます。ラフを拝見するだけでドキドキしてました。感無量です、ありがとうございます。

最後に、この話を読んで下さったすべての方に深くお礼申し上げます。

自分の中だけにあった世界を形にできて、誰《だれ》かに読んでいただけるのが何よりうれしいです。その世界を気に入っていただけたら、もっとシアワセな気がします。

本当にありがとうございました。

深月ハルカ

この本を読んでのご意見・ご感想をお寄せ下さい。

〒151-0051
東京都渋谷区千駄ヶ谷4-9-7
(株)幻冬舎コミックス　小説リンクス編集部
「深月《みつき》ハルカ先生」係／「笹生《ささお》コーイチ先生」係

リンクス ロマンス

背守の契誓

2008年2月29日　第1刷発行

著者……………深月《みつき》ハルカ
発行人…………伊藤嘉彦
発行元…………株式会社　幻冬舎コミックス
〒151-0051　東京都渋谷区千駄ヶ谷4-9-7
TEL 03-5411-6434（編集）
発売元…………株式会社　幻冬舎
〒151-0051　東京都渋谷区千駄ヶ谷4-9-7
TEL 03-5411-6222（営業）
振替00120-8-767643
印刷・製本所…共同印刷株式会社
検印廃止

ISBN978-4-344-81245-1　C0293
Printed in Japan

幻冬舎コミックスホームページ　http://www.gentosha-comics.net